LA CRISE

DE L'ESPAGNE.

IMPRIMERIE LE NORMANT, RUE DE SEINE, N° 8.

LA CRISE DE L'ESPAGNE.

Dad orejas, señor, a lo que digo,
Che soy de parte dello buen testigo.

Araucana, i. l.

*Nam ut ex nimia potentia principum oritur
interitus principum, sic hanc nimis liberam
populum libertas ipsa servitute adficit.*

Cic. de Repub. l. 43.

TRADUIT DE L'ANGLAIS

PAR LE C.ᵉ DONATIEN DE SESMAISONS.

SECONDE ÉDITION,

REVUE ET CORRIGÉE.

A PARIS,

CHEZ LE NORMANT, IMPRIMEUR-LIBRAIRE,

RUE DE SEINE, Nᵒ 8, PRÈS DU PONT DES ARTS

MDCCCXXIII

La rapidité avec laquelle cette brochure a été traduite, est cause que beaucoup de fautes s'y étoient glissées. — Cette édition a été revue et corrigée avec le désir de la rendre plus digne de l'ouvrage.

AVERTISSEMENT
DU TRADUCTEUR.

—

Le traducteur de cette brochure déclare qu'il ne répond en rien des principes politiques qu'elle renferme. L'ouvrage est d'un Anglais qui a dû juger de la crise de l'Espagne sous l'influence inévitable et peut-être sacrée pour lui des opinions de son pays. Un Français a tout autant de droit d'en juger autrement. Il peut trouver que l'intervention armée de la France, dans les affaires de la péninsule, est légitime, quand un Anglais qui ne veut pas avouer qu'elle est juste, convient du moins qu'elle est excusable. Je dirai presque que cette concession prouve le droit de la France.

Le traducteur n'a donc eu pour but, en faisant connoître cet ouvrage à ses compatriotes, que de les rassurer sur deux points dont les dissidens voudroient tirer parti pour exciter nos plus vives alarmes. Premièrement, employant le moyen le plus fort aux yeux des gens de bien, ils effraient les consciences sur le droit de détruire une constitution qui, disent-ils, peut avoir quelques défauts, mais qui enfin, donnée à un grand peuple, a été acceptée par lui et par son Roi.

L'ouvrage traduit démontre évidemment que cette constitution dont on veut nous faire un objet de respect, n'est pas même légale : qu'elle est l'ouvrage mensonger de quelques commissaires substitués à des députés qu'il n'étoit pas possible de réunir : que rien n'a établi qu'elle eût l'assentiment de la nation, dont la plus grande partie a montré au contraire une grande répugnance et même une grande résistance à lui obéir : enfin qu'elle a été imposée tumultuairement au Roi par une armée révoltée : violence qui dans tous pays rend nulle la sanction royale comme l'adhésion du plus simple particulier

Deuxièmement, l'on dit que notre intervention ne peut manquer d'engager l'Angleterre à
prendre parti pour l'Espagne ; que la guerre
que nous allons faire, fût-elle la plus juste, il
faudroit encore s'en abstenir pour ne pas s'attirer sur les bras une puissance qui peut nous
faire tant de mal ; et qu'il faut pourvoir à sa
propre sûreté avant que d'aller mettre l'ordre
chez les autres.

L'ouvrage traduit prouve encore jusqu'à l'évi-
dence que l'intérêt bien entendu de l'Angleterre,
cet intérêt qui est celui de l'Etat entier, et non pas
seulement celui d'une de ses classes, cet intérêt tel
que l'entendent ses meilleures têtes, les hommes
qui guident l'Etat, et non pas ceux qui exploitent
un événement à leur profit, que cet intérêt véritablement national, dis-je, est de garder une
stricte neutralité. L'auteur développe d'une manière très-solide son opinion à cet égard, et
dans les embarras qu'il prédit à sa patrie si elle
épouse la cause de l'Espagne, nous autres Français, nous devons trouver l'espoir qu'elle ne la

favorisera même pas. Le traducteur a pensé que la guerre étant décidée, il étoit plus patriotique de fournir à son pays des espérances que de lui inspirer des craintes. D'ailleurs, quelque opinion que l'on puisse avoir des causes ou des chances de la guerre, quand des Français marchent l'épée tirée, ceux qui restent n'ont plus qu'à leur crier : « *Macti virtute milites estote.* »

Le traducteur ne s'est point cru permis de tronquer cette brochure. En la dépouillant de ce qu'elle peut renfermer de sévère ou d'injuste pour le gouvernement français, il auroit craint de lui ôter sa couleur et de diminuer l'énergie d'expression de l'auteur. Non, le gouvernement que nous avons est au-dessus de ces complaisances, que rien d'ailleurs n'oblige d'avoir pour lui. Si les motifs apportés par notre gouvernement l'emportent dans les esprits, ils n'en paroîtront que mieux fondés. Les lecteurs sauront apprécier les allégations faites par un étranger, ainsi que différentes inculpations faites à la religion, desquelles le traducteur est loin de se charger. L'essentiel est ici de suivre l'auteur dans sa manière d'envisager les affaires de l'Espagne.

Mais il est bon, avant d'entrer dans cette discussion, de s'affermir dans les principes qui ont décidé l'intervention du gouvernement français. On pourroit sans ce préservatif se laisser influencer par des raisonnemens qui, à défaut de force, ont de la séduction ; car tous les sophistes de nos derniers temps se sont parés des couleurs de l'humanité et ont pris pour prétexte le bien du peuple.

L'intervention française est fondée sur le droit d'éteindre le feu qui dévore un bâtiment voisin et qui menace le vôtre du même sort. Ce droit n'a d'autre source que celle de la défense personnelle. On a beau prétendre que la flamme n'ira pas plus loin, et même que le vent ne la porte pas ailleurs : vains cris ! personne n'hésite à accourir pour étouffer cet incendie, et l'on abat sans pitié tout ce qui pourroit propager le désastre. Ici c'est un palais qui est en feu :

c'est un autre palais qui est menacé des mêmes flammes ; et , quoi que l'on veuille prétendre, la chute des demeures des Rois porte plus loin la dévastation que celle des chaumières.

Ceux qui ont voulu être aveugles jusqu'ici ont soutenu que le Roi d'Espagne étoit d'accord avec le gouvernement révolutionnaire de ce pays ; mais aujourd'hui il n'est plus permis de feindre de croire à cette absurdité. Le pays est en partie soulevé et nous appelle à son secours ; le Roi est captif. Au moment où ces lignes sont tracées, peut-être.......

Dira-t-on que la France a enfoncé dans le sein de Ferdinand le poignard dont jusqu'alors il n'étoit que menacé ? Ah ! c'est toujours le même langage, et les parricides disent aussi qu'une main invisible les a poussés.

Mais, ajoute-t-on, le commerce de la France souffrira, nos vaisseaux seront pris par les Anglais alliés des Espagnols. Les impôts qu'une sage économie s'occupoit de diminuer, vont s'accroître de nouveau ; nos fonds vont baisser ;

et tous ces malheurs n'auront lieu que pour satisfaire la prétention impie d'aller imposer un joug odieux à une nation généreuse qui ne se débat que pour sa liberté.

Il est facile d'accumuler tous les inconvéniens d'une mesure publique parce qu'il n'en est point qui en soit exempte. L'homme sage calcule si ces inconvéniens ne sont pas balancés par des avantages plus grands, et en tout cas s'ils ne préviennent pas de véritables malheurs.

Oui, la guerre avec l'Espagne est une guerre à laquelle nous devons déplorer d'être contraints. Le ministère qui s'est décidé à l'entreprendre, on le sait assez, ne s'y est résolu qu'à regret, et sa répugnance à cet égard est un garant de plus de la nécessité qui a dicté cette résolution. Osera-t-on mêler le nom du Roi à ces débats? On le peut sans doute; car il s'agit ici d'une querelle où la puissance des princes est intéressée pour la félicité des peuples. On peut encore ajouter du poids à l'opinion d'une grande partie, au moins, de la France par le suffrage d'un

Roi si sage que tous les autres souverains de l'Europe l'ont reconnu pour l'arbitre des destinées d'un pays que l'Europe veut sauver et non pas conquérir. Et c'est ce Roi qui a établi naguère la tranquillité dans son royaume, qui se plait à l'y faire fleurir encore, c'est lui qui fait aujourd'hui violence à ses propres inclinations, et qui reconnoît la triste nécessité d'en venir aux armes.

Sans doute le commerce souffrira quelque temps ; mais ne se ressent-il pas déjà des désordres de ce malheureux pays, que nous allons chercher à pacifier? Si nous réussissons à y ramener l'ordre, le commerce ne reprendra-t-il pas une nouvelle vie ; et si les impôts, en fournissant les moyens de rendre la guerre heureuse, sont un moyen de renouer nos relations avec l'Espagne, n'aurons-nous pas, pour parler le langage même du commerce et des finances, avancé sagement un capital pour en retirer plus tard d'immenses intérêts?

Il est peu à craindre que l'Angleterre préfère la capture de quelques vaisseaux à ses alliances sur le continent ; d'ailleurs, quand il en seroit ainsi, ce n'est point à ceux qui prétendoient naguères qu'il ne nous falloit pas de colonies, à lui disputer le sceptre de l'Océan. La rivalité qui se prépare pour elle n'est point européenne ; mais nous serons parmi les amis que sa rivale recherchera en Europe. Sachons ne point méconnoître nos destinées. La France a les pieds appuyés sur le sol du monde, et, quoi qu'il puisse arriver, sa fortune ne sera jamais sur les mers.

Quant aux fonds publics, c'est encore une illusion du siècle que d'attacher trop d'importance à leur fluctuation. Ils n'ont de grande influence que par une erreur d'opinion qui se dissipera comme tant d'autres. Personne n'y perd que quelqu'un n'y gagne. Le nombre des heureux compense celui des mécontens. L'Etat, dans un moment d'emprunt, peut y perdre sans doute ; mais la caisse d'amortissement y gagne de son côté ; et doit-on compter pour si

peu les opérations avantageuses de cet établissement, parce qu'il les fait sans passions, et
qu'elles tournent au profit public?

Que l'on n'aille pas croire que la France
veuille établir en Espagne un gouvernement
despotique ou absolu. La France n'a jamais
aimé l'esclavage, et ses anciens temps avoient
leurs moyens de liberté qui, pour être différens de ceux d'aujourd'hui, n'en étoient pas
moins puissans. Elle est fixée dans un mode
de gouvernement créé neuf et pur, par un
Roi légitime et libre, après une révolution
finie et vaincue, qui n'a été pour ainsi dire
que comme un temps d'épreuve pour essayer
les institutions diverses que peut se donner
une nation, ou qu'elle peut subir. Elle a vu
passer également l'anarchie du peuple et le
despotisme militaire. Ce n'est pas quand elle
se repose enfin dans l'ordre de choses que le
temps eût amené sans convulsions, qu'elle ira
s'opposer à la félicité qu'une nation généreuse,
son alliée naturelle, soumise comme elle au

sceptre des Bourbons, peut puiser dans les exemples d'autres nations, et dans la sagesse de princes qu'autrefois on appeloit *alliés*, et qu'aujourd'hui on peut nommer *amis*. Ces princes ne veulent point établir le despotisme en Espagne; et si l'on reproche à la Sainte-Alliance de ne pas dire ce qu'elle veut, c'est qu'elle ne veut rien que ce que voudront les vrais Espagnols

Comme Français sans doute, mais surtout comme ami de l'ordre qui seul assure la paix et la prospérité des empires, nous pensons, à la différence de l'auteur anglais, que l'intervention de la France est à la fois légitime et sage. Nous nous étendrions davantage sur ce sujet, si le discours de M. de Chateaubriand n'avoit démontré cette vérité, et ne l'avoit fait briller de la plus vive lumière.

Cependant, après avoir rapporté toutes les raisons à l'appui de l'intervention de la France, un bon Français doit ajouter l'expression de ses sentimens et former des vœux pour que tant de préparatifs ne soient que menaçans.

Puissent les Cortès, puisse la nation espagnole, où se trouvent sûrement tant de nobles cœurs, reconnoître que nous désirons les voir se donner des institutions qui assurant leur bonheur au-dedans, permettent à leurs voisins de compter sur quelque tranquillité ; et, selon l'expression du monarque qui nous a parlé du haut du trône, puisse notre seule conquête en Espagne être la paix !

LA CRISE
DE L'ESPAGNE.

L'INTERVENTION armée de quelque nation que
ce soit dans les affaires d'un État indépendant,
pour l'amener par la force à changer la forme
de son gouvernement, quelque odieuse que cette
forme puisse paroître, est une chose si injuste
en principe, et une fois admise, seroit une chose
si destructive des libertés du monde entier, que
rien ne peut être condamné plus fortement.

L'effet des mesures adoptées par le congrès
de Vérone pourroit être de tenir toutes les institutions politiques de l'Europe au niveau de ses
gouvernemens despotiques les plus absolus, et
de retarder, ou même d'arrêter entièrement les
progrès de la civilisation et de la liberté civile.

Si de tels principes avoient été mis en action
pour arrêter les mouvemens dans lesquels étoient
les germes de notre liberté et pour étouffer les
efforts qui l'ont assurée à notre heureuse patrie,
lorsque cette liberté qu'elle étoit destinée à en-

fanter étoit dans la nuit des temps, ou quand plus tard elle n'étoit encore que dans son berceau, le monde n'eût jamais connu le bonheur de ces institutions raisonnables que nous avons graduellement conduites jusqu'à la perfection dans la pratique. Si un semblable essai eût été odieux dans les temps reculés dont nous parlons, il le paroîtroit encore davantage aujourd'hui, dans des temps éclairés ; et heureusement il seroit aussi plus difficile. Les bienfaits de la civilisation et de la liberté ne sont plus une espèce de spéculation ou d'apparition confuse : tout ce qui tendroit maintenant à en arrêter les progrès tendroit à ravir à l'homme éclairé des bienfaits dont il a la vue la plus distincte, et à forcer la marche de l'intelligence et de la félicité des hommes, d'abord à s'arrêter, et ensuite à rétrograder.

La prétention d'arrêter les progrès d'un autre État dans sa marche vers une meilleure condition politique, ou dans un changement de condition qu'il désire, quelle que soit la manière tumultueuse dont il y procède, ne peut pas être justifiée.

On ne peut pas justifier davantage le droit auquel on voudroit prétendre de retenir un peuple étranger dans les limites qui conviennent le mieux aux systèmes politiques des autres États.

Non : il faut le dire, aucune intervention par la force de la part d'une nation n'est justifiable qu'autant que les conséquences évidentes et nécessaires des désordres qu'elle veut étouffer, seroient de produire chez elle une commotion intérieure : et encore est-il difficile de déterminer avec précision les circonstances où la situation incertaine d'un pays peut donner à un gouvernement étranger des motifs plausibles d'en venir à une intervention armée par la seule appréhension d'une contagion qui pourroit devenir dangereuse.

Si nous appliquons ceci à l'état actuel des affaires, nous ne voyons point que l'intervention hostile de la France dans les affaires de l'Espagne puisse être justifiée.

La déclaration d'un semblable dessein a été généralement et sévèrement réprouvée dans ce pays, et les annales de la Grande-Bretagne attesteront combien cette prétention a été noblement et éloquemment combattue par tous les partis. Mais les autres puissances dernièrement assemblées à Vérone n'en sont pas moins restées déterminées à intervenir. La guerre paroît inévitable, et l'Europe est au moment d'être déchirée de nouveau à cause de la révolution d'un de ses États.

Conformément à son désaveu d'une telle prétention, la Grande-Bretagne a refusé d'entrer dans cette croisade ; et, animée d'un sincère désir de maintenir la paix du monde, elle fait son possible pour interposer sa médiation entre le gouvernement de France et celui d'Espagne.

Le gouvernement français allègue qu'une trahison militaire a donné à l'Espagne une constitution qui paroît ne point convenir à la majorité du peuple espagnol ; que dès l'origine une grande opposition commença à se former dans beaucoup de parties de la péninsule ; que cette opposition s'est accrue graduellement, et que la guerre civile exerce maintenant ses fureurs en Espagne ; que la France, où sont nés les principes démocratiques qui caractérisent et vicient la constitution espagnole, est travaillée par les désordres qui existent dans les Etats voisins. Le gouvernement français soutient encore que bien qu'aucune agression n'ait eu lieu, bien que l'Espagne n'en ait pas menacé, il n'en est pas moins vrai que des dangers sont provenus de ces désordres, et qu'ils menacent de troubler la tranquillité de la monarchie française. C'est pour mettre fin à ces désordres, dit-il, qu'il est déterminé à intervenir par la force pour aider cette partie du peuple espagnol qui s'oppose au système dont ces dangers découlent. Ses efforts tendront à amener une révision et une modification de la constitution, de manière à ce qu'elle soit purgée des principes démocratiques qui font appréhender au Roi de France et à son gouvernement la dangereuse réaction d'une contagion qui, ayant pris naissance en France, y est d'autant plus à redouter ; contagion qui répandit sur le Roi, sur son infortunée famille et sur son peuple les horreurs dont l'Europe fut témoin à une époque encore récente, et qui causa ces guerres qui l'ont agitée pendant plus de vingt-cinq ans.

Quelque disposés que nous soyons, par respect pour de telles afflictions et par la crainte de si graves conséquences, à faire quelques concessions au sujet des mesures que le gouvernement des Bourbons en France peut regarder comme défensives dans la nécessité présente, contre le retour de semblables calamités, le gouvernement britannique et le public d'Angleterre nient que dans le cas présent on puisse justifier l'intervention directe par la force. Le personnage distingué envoyé de ce pays au congrès de Vérone a élevé sa voix contre elle au nom du gouvernement britannique, et a refusé de prendre part aux mesures que préparoient les souverains ligués. Il leur a peint l'injustice, les difficultés et les dangers d'une telle intervention, et l'on dit qu'il a représenté directement au trône de la puissance le plus immédiatement intéressée combien ces objections à son intervention devoient être plus fortement senties. Mais tout a été inutile, la France paroit déterminée à faire la guerre, à moins que certaines modifications de la constitution de 1812 ne soient adoptées.

Le rôle de médiateur que la Grande-Bretagne a pris sur elle dans cette importante occasion, demande une parfaite connoissance de toute l'affaire, et veut que l'on envisage avec calme les circonstances compliquées qui de manière ou d'autre peuvent en résulter.

Depuis la noble insurrection des Espagnols en 1808, aucun événement du continent n'a autant remué l'esprit du public que la dernière déclaration du gouvernement français et que quelques principes despotiques avancés dans le discours du Roi de France.

Vraiment le ton de la presse anglaise et les sentimens apparens du public anglais se montrent si prononcés contre l'intervention de la France et en faveur des constitutionnels Espagnols, que si le gouvernement cédoit à l'impulsion que l'on cherche à lui donner, notre pays seroit précipité dans une mesure qui ne mèneroit à rien moins qu'à faire cause commune avec le gouvernement actuel d'Espagne dans la guerre qui s'approche. Dans un gouvernement tel que celui de la Grande-Bretagne,

gouvernement qui a pour appui l'opinion publique, et qui est guidé par un sentiment vrai
de ses intérêts essentiels, il est nécessaire, pour
qu'il puisse remplir convenablement les de-
voirs de médiateur impartial, que le public soit
parfaitement au fait de toute l'affaire, afin que
chacun et particulièrement tous ceux qui ont
part aux affaires publiques, dans quelque situation qu'ils se trouvent, puissent examiner quels
sont les justes moyens d'établir une médiation,
et quelles espérances on peut concevoir de
prévenir la guerre, en faisant que la médiation soit utile à la nation à laquelle elle est
offerte. Certes, si celle-ci ne doit pas écouter
des demandes accompagnées de menaces, elle
peut se laisser guider par une puissance amie
et éclairée qui récemment l'a sauvée de la conquête, et qui regarderoit encore comme plus
glorieux de la conduire à la jouissance calme
d'une sage liberté. Pour remplir convenablement
ce devoir sacré, pour accomplir avec succès
ce dessein si important, et de manière à nous
réunir tous, soit dans les sentimens qui doivent
guider une nation médiatrice, soit dans les
idées que demande l'observation d'une stricte
neutralité, soit dans la politique à adopter et la
conduite à tenir si notre médiation ne devoit
pas réussir, il est nécessaire d'examiner l'en-
semble des choses et de considérer 1° la na

ture des institutions espagnoles existantes ; 2° la désunion que paroît avoir causée la nouvelle constitution ; 3° les tendances prochaines ou éloignées de ce système, s'il continue à exister sans altération ; 4° les conséquences qui peuvent résulter d'abord pour la France, et ensuite pour le monde entier, si cette puissance persévère dans l'intention de détruire ce système par la force ; et enfin, celles qui nécessairement s'ensuivront pour nous, si nous ne réussissons pas dans notre médiation.

Examinons ce qui arriveroit si, cédant à la désapprobation populaire que cause l'intervention de la France, le gouvernement se laissoit forcer à se ranger du côté de l'Espagne, de l'Espagne soumise à un système constitutionnel (trop peu connu ici), et qui, rempli d'élémens de discorde politique, flatte encore la prétention de retenir les possessions d'outre-mer sous la souveraineté de la métropole. Ce parti embarrasseroit nécessairement notre politique actuelle avec les nouveaux États d'Amérique. Comment en effet ces États ne concevroient-ils pas alors quelque défiance de nos vues réelles ? Notre alliance avec l'Espagne empêcheroit toutes les mesures que nous voudrions prendre avec les États d'outre-mer comme nations indépendantes, en faveur de l'extension de notre commerce. Apporter le moindre retard à ces mesures, n'est-ce pas favoriser les liaisons de ces États avec une autre puissance (les États-Unis d'Amérique) qui, se réjouissant à la vue des convulsions de l'Europe, use de tous les moyens pour établir et cultiver des rapports de fraternité avec les provinces dont l'indépendance a été reconnue par le gouvernement de la république américaine septentrionale.

Pour juger sainement du caractère, de l'effet dans la pratique et de la tendance de la constitution espagnole, même de quelque constitution que ce soit, *manufacturée* tout à coup comme celle-ci l'a été, ou produite graduellement par les circonstances et par les améliorations survenues dans la situation d'un peuple, il est nécessaire de considérer l'état de la société auquel on applique ce code. Dans les deux cas, si les mesures des fabricateurs théoriciens ou des sujets réformateurs, dédaignent l'état actuel de l'opinion publique, et cherchent à s'emparer de la liberté avec trop de violence, il s'ensuit toujours une réaction funeste à cette liberté même, et les efforts les plus purs de l'abstrait théoricien ne mènent qu'à la confusion, à la guerre civile et au despotisme.

Passons donc en revue l'état de la société en Espagne avant les événemens de la péninsule.

Recherchons quelles furent les causes véritables de cette insurrection qui produisit la guerre, et quel fut le but réel que le peuple se proposa en la continuant; dans quelles circonstances la constitution s'est établie; si elle fut formée en harmonie avec l'opinion publique, avec les besoins du moment, et dans un sage dessein d'améliorer l'ordre social par des mesures habilement combinées pour exciter l'industrie, pour étendre le commerce, pour ranimer la littérature, pour améliorer les principes et les mœurs, pour détruire peu à peu l'esprit de bigoterie et de superstition, et pour rendre ainsi le peuple susceptible de recevoir, de sentir, et de goûter une constitution libre. Examinons si les réformateurs de l'Espagne n'ont pas envahi avec irréflexion et violence une liberté qui ne pouvoit être mise en pratique dans l'état de société auquel on la destinoit, et qui devoit produire infailliblement la confusion et la guerre civile, par l'imperfection des règles qui la fixent, et par l'impossibilité de les établir.

Ceux des lecteurs qui possèdent une connoissance suffisante des progrès de la société d'après le tableau qu'en ont fait nos meilleurs historiens, s'ils se reportent à ces temps où la liberté faisoit de vains efforts pour fonder ses droits, et étoit toujours vaincue dans la lutte, auront une juste idée de l'état retardé, je dirai presque de l'état d'enfance où se trouvoit la société en Espagne au commencement de la guerre. Mais comme il est nécessaire qu'en abordant le sujet de cet ouvrage chacun ait présentes à l'esprit ces idées qui lui servent d'introduction, il sera bon avant tout, de récapituler d'après les meilleures autorités, quelles furent ces causes éloignées, et depuis long-temps agissantes, qui ont produit un état de société si dégradé dans quelques unes de ses parties, si noble dans d'autres, si original dans toutes.

Les progrès de la société, en Espagne, furent retardés par une longue succession de nombreuses causes actives. Les pas qu'elle avoit faits pour sortir des institutions féodales, introduites dans toute l'Europe par les barbares, destructeurs de l'empire romain, furent arrêtés par l'invasion des Maures. La domination de ces Africains, pendant près de sept cents ans, empêcha tout essor. Quand la péninsule parvint à s'émanciper, l'Espagne conserva les mœurs des Vandales et des Goths, et resta à peu près dans le même état que sous la conquête des Maures; car les sectateurs de Mahomet ne s'étoient pas montrés très-zélés pour faire adopter leurs usages, et ils avoient laissé les Espagnols peu différens de ce qu'ils les avoient trouvés.

Cependant des efforts que firent successive-
ment plusieurs provinces pour s'arracher à la
domination des Maures, naquirent quelques circonstances favorables à la liberté des lois, et à
la constitution de ces petits Etats. Quelques uns se
formèrent en royaumes ; les nobles ayant eu la
plus grande part à ces conquêtes, leur pouvoir
s'étendit, les immunités des villes s'accrurent,
et la prérogative royale fut seule limitée.

Dans l'Arragon qui, réuni à la Castille et à
Grenade, sous le sceptre de Ferdinand et d'Isa-
belle, fut le berceau de la monarchie espagnole,
les principes de la liberté furent mieux com-
pris, et ils le furent plus tôt que dans toute
autre partie de l'Europe, comme on peut le voir
par la constitution de ce pays. Là, les Cortès
subsistèrent dans leur plus grande splendeur :
le pouvoir de la couronne étoit contrôlé par
celui si extraordinaire du *haut justicier* ; et
le Roi trouvoit une opposition insurmontable
dans le fameux *droit d'union*, quand il se livroit
à des actes illégaux.

Ces institutions particulières si favorables à la
liberté ne furent pas établies en Castille. Cependant le pouvoir royal y avoit été limité plus qu'il ne
l'est ordinairement dans les institutions féodales,
par la grande importance que les villes avoient
acquise. Effectivement les peuples avoient senti

combien il étoit nécessaire de se rassembler dans des lieux qui offrissent quelque résistance, pour se garantir des irruptions que les Maures faisoient sans cesse en sortant des provinces qui leur appartenoient encore. Mais ces apparences de liberté s'évanouirent bientôt; la politique de Ferdinand tendit sans relâche à étendre sa puissance. Pour y parvenir, il jugea nécessaire d'abord de mettre un frein à celle des nobles; il les dépouilla donc des grandes concessions de terres qui leur avoient été faites sous les règnes précédens; il leur retira la conduite exclusive des affaires de l'Etat; il attacha à la couronne la grande maîtrise des trois ordres militaires, et il profita d'une circonstance particulière provenant de l'état incertain du pays, pour ôter aux nobles le pouvoir judiciaire qu'ils avoient possédé jusqu'alors, et qui faisoit de leurs châteaux de petites cours de monarques plutôt que des demeures de sujets. Or ce pouvoir étoit la source principale de leur indépendance. Cette circonstance que Ferdinand saisit si habilement, fut l'établissement de la *sainte confrérie*, ou *Inquisition*, qui fut créée par les habitans de la Castille, pour réprimer les désordres et les crimes qui devoient nécessairement abonder dans une société livrée depuis plusieurs siècles à des guerres et à des rapines contre leurs voisins les infidèles.

L'empereur Charles V, trouvant ses vastes projets arrêtés par les limites qui partout bornoient son pouvoir, imagina (et rien ne fut plus fatal pour les libertés de son pays) de fomenter des animosités entre la noblesse et les communes, pour arriver ainsi à la destruction du pouvoir politique des deux. Dans ce dessein, il encouragea aussi l'Inquisition qui, étant un envahissement des communes sur les droits réclamés par les nobles, éprouva de la part de ceux-ci la résistance la plus obstinée. Ils en vinrent même à aider l'empereur à réprimer l'insurrection des communes qui vouloient recouvrer leurs anciennes libertés, et qui, abandonnées par la classe supérieure et laissées sans chefs pour les guider, furent bientôt défaites et dispersées.

Armé de ce pouvoir étendu qu'un gouvernement gagne toujours quand il a étouffé les insurrections, et trouvant que les immunités qui avoient été accordées aux villes dans les temps féodaux, pour aider les Rois contre leurs barons trop puissans, avoient élevé ces villes à une importance devenue inutile et même incommode à un monarque despote, Charles s'occupa à circonscrire et à abolir des priviléges que des souverains plus dépendans avoient conférés. Dépouillées d'un grand nombre de leurs immunités,

les villes perdirent beaucoup de leur population
et de leur importance : leur commerce décrut,
et de là vint la perte de leur influence dans les
Cortès. Le pouvoir populaire ainsi abaissé, le
pouvoir royal obtint plus d'extension. Charles
ensuite se tourna contre les nobles qui l'avoient
aidé à diminuer la liberté du peuple, mais qui
conservoient encore une influence politique considérable. Une occasion favorable à ses desseins
ne tarda pas à s'offrir. Un soulèvement de
l'armée qui n'étoit pas payée, l'obligea en 1539
d'assembler les Cortès, pour en obtenir de l'argent. Les Cortès mécontentes du mauvais usage
que l'on avoit fait des subsides précédens en
les employant à des opérations étrangères aux
intérêts de l'Espagne, refusèrent de venir à son
secours. Charles rompit leur assemblée avec
indignation, et les prélats et les nobles ayant
insisté sur le privilége de ne point payer de
taxes, il se prévalut du juste principe que ceux
qui réclamoient un tel droit, ne pouvoient pas
avoir la prétention de siéger aux Cortès. Il pro-
nonça leur exclusion. C'est ainsi que les Cortès
furent détruites. Le zèle imprudent que les
nobles avoient manifesté en s'opposant aux communes, se montra d'abord fatal aux libertés de
leur pays, et par la suite il devint destructif de
l'importance de leur propre classe. Telle fut la

manière dont la liberté fut étouffée en Espagne par un empressement prématuré, par une folle conduite, par la désunion et la jalousie. Depuis cette époque, une liberté raisonnable n'a jamais pu lever la tête. Les législateurs espagnols qui ont fait la constitution actuelle auroient pu trouver dans leur propre histoire des exemples effrayans des maux qu'ils alloient attirer sur leur pays; ils y auroient vu les conséquences inévitables de mesures si mal adaptées à l'état de la société et de l'opinion publique, qu'elles devoient nécessairement amener la désunion, quand la plus grande union étoit indispensable.

Depuis cette époque, les nobles de l'Espagne, aux exceptions près, n'ont fait que s'enfoncer chaque jour dans une nullité politique plus complète. Les grands, forcés de résider dans la capitale ou dans les principales villes, consolés par quelques vains priviléges qu'ils avoient retenus de leur ancienne grandeur, et qui flattoient encore leur orgueil, ont perdu dans le luxe, dans l'oisiveté et dans l'ignorance le caractère qui jadis avoit distingué leur ordre. Réduits à cette condition, ils n'étoient en état ni de prévoir les vues d'un tyran étranger, ni de résister à ses entreprises.

La découverte de l'Amérique, et le soin apporté aux sources fictives de la richesse nationale

tandis qu'on négligeoit les abondantes ressources
que possédoit l'Espagne , engendrèrent la paresse. Les arts tombèrent en déshonneur ; des
esclaves cultivèrent le sol ; les Juifs furent les
commerçans et les Maures les manufacturiers.
L'expulsion de ces peuples bannit de l'Espagne
à peu près la seule industrie qu'elle possédât, et,
comme elle avoit peu de chose à échanger contre
l'or de ses colonies , les métaux précieux dispa-
rurent et furent employés à acheter des autres
nations ce qui lui étoit nécessaire. Ainsi les mines
du Nouveau-Monde excitèrent l'industrie des
autres peuples, tandis que l'Espagne se plongeoit
dans l'oisiveté. Le commerce intérieur étoit en-
travé par le paiement de droits considérables,
exigés par des douanes placées sur les grandes
routes. Il en résulta que les chemins devenus peu
fréquentés se détériorèrent , et que les habitans
des différentes contrées eurent peu de commu-
nications entre eux. Les préjugés de province,
formés d'abord par la manière partielle dont
l'Espagne avoit été conquise sous les Maures,
s'enracinèrent de plus en plus, et les traits dis-
tinctifs du caractère national originel se conser-
vèrent. C'est surtout à ces causes qu'est dû le
réveil de l'ancien esprit de l'Espagne qui récemment a fait se lever le peuple entier pour s'opposer à une usurpation à laquelle les classes

supérieures s'étoient soumises ; de là encore ce manque d'union, et enfin cet état diversifié de la société espagnole qui rend si difficile de lui adapter un système général de lois nouvelles et un mode commun de gouvernement.

L'Inquisition (détestable institution), l'Inquisition fut fatale aux arts, aux sciences et à toutes les connoissances utiles. La vigilance de ce tribunal entrava toutes les discussions, et empêcha toutes les controverses qui exercent l'esprit, qui conduisent les hommes à la réflexion, qui les engagent à étudier l'antiquité, l'histoire et les langues, et à acquérir ainsi des connoissances politiques. L'Espagne resta donc ensevelie dans une ignorance profonde. Plusieurs circonstances concoururent encore à retenir les esprits dans un état de servitude, et à favoriser la bigoterie et la superstition dans ce malheureux pays. Charles-Quint protégea le papisme dans toutes les contestations avec les protestans, et servit le pouvoir ecclésiastique des papes qui en retour lui léguèrent leur pouvoir despotique avec le pouvoir monarchique absolu, et formèrent ainsi une double tyrannie. Les mesures prises par les descendans de Charles pour extirper les hérésies, n'ont fait que contribuer à perpétuer cet horrible despotisme. Tel étoit à peu près l'état de l'Espagne, quand en 1808 son

avengle gouvernement permit à Napoléon d'introduire sous divers prétextes des armées nombreuses dans ce pays dévoué à tant de malheurs.
Napoléon sut déguiser ses desseins jusqu'à ce
qu'il eût obtenu d'occuper militairement ce
royaume : alors le règne des Bourbons d'Espagne fut déclaré fini ; la famille royale fut en-
voyée en captivité , et Buonaparte choisit un de
ses frères pour occuper le trône que Ferdinand , alors prisonnier , se vit forcé d'abdiquer.
Les hommes d'Etat , les nobles et les autorités
répandus sur la surface de l'Espagne ne surent
faire de remontrances , ni s'élever contre ces
actes à la fois atroces et ignominieux. Mais
l'ancien esprit national du peuple n'étoit pas
éteint , et , quand le massacre de Madrid eut
lieu en mai 1808 sous le sanguinaire Murat,
le peuple tout à coup par une insurrection
simultanée se leva dans toute l'Espagne , et
étonna l'Europe en déployant un patriotisme ,
une énergie et un dévouement héroïque que
l'on n'attendoit plus d'un peuple tombé dans
l'ignorance , dans la paresse et la superstition ;
l'histoire ne nous rappelle point de vertus
patriotiques qui aient surpassé celles que déve-
loppa cette insurrection. Les premières opérations des patriotes espagnols donnèrent des espérances bien fondées que leurs efforts seroient

couronnés du succès qu'ils méritoient ; mais, vers la fin de la guerre, cette énergie se refroidit, et l'apathie succéda trop généralement à l'enthousiasme. Rien n'a été plus notoire que ceci : notre gouvernement en a fait un sujet de plainte ; nos commandans en ont senti les effets : et les recherches que l'on fit alors des causes de cet abattement nous fourniront quelques considérations importantes que nous allons appliquer à notre présent dessein.

Le massacre de Madrid eut lieu le 2 de mai. Dès qu'il fut connu dans les provinces l'insurrection devint générale. Elle éclata d'abord dans les Asturies le 25, et bientôt elle se répandit dans toute la monarchie. La haine des Français et le besoin de se venger des meurtres militaires commis à Madrid furent les causes immédiates qui produisirent l'insurrection. Il est probable que tous les autres actes commis par les Français n'auroient pas excité ou mis suffisamment en action ce courage indompté qui animoit le peuple, et qui étant resté si long-temps engourdi avoit demandé des excitations plus fortes. Enflammés par la haine pour leurs oppresseurs et par la soif de la vengeance, les Espagnols furent soutenus dans la cause pour laquelle ils combattoient, par l'influence de ces institutions et de ces préjugés qui avoient le plus de pouvoir sur eux

Cette influence étoit surtout celle du clergé ; ces préjugés étoient la bigoterie et la superstition ; un zèle ardent venoit encore s'y joindre pour l'indépendance de la patrie.

Dans leur opposition aux Français tout ce que les Espagnols avoient pour objet étoit *contre une révolution et non pas pour elle*. C'est à tort que des observateurs superficiels ou qui ont formé leurs opinions dans des ports de mer ou dans de grandes villes commerçantes ont assigné divers motifs à la conduite des patriotes Espagnols, et ont appelé *révolution* cette résistance populaire à l'usurpation. Les seuls motifs de la grande masse du peuple étoient l'indépendance du pays, et le maintien de la religion, des institutions et de la monarchie. Toutes les adresses, toutes les proclamations et tous les discours au peuple afin d'exciter sa résistance et pour le guider montrent assez que toutes les idées populaires étoient *contre la révolution et non pas pour elle*. On a publié assez de documens publics auxquels nous pouvons renvoyer le lecteur pour preuve de ce que nous avançons (1). Mais il convient à cause de la connexion que ces proclamations et ces adresses ont avec notre sujet,

____

(1) Voyez particulièrement la belle et excellente Histoire de la Guerre de la Péninsule, par Southey.

d'indiquer celles qui ont obtenu parmi le peuple l'autorité la plus grande et la plus répandue.

Partout où s'étendoit l'insurrection on formoit des juntes. Dans toutes, les prêtres siégeoient, afin d'unir la foi nationale avec le patriotisme du peuple. Ces juntes firent paroître les proclamations les plus énergiques, et partout le cri de guerre étoit « pour notre sainte religion, » notre Roi et l'indépendance de notre pays. » La junte centrale de Séville adopta cet esprit, et le rendit encore plus positif en s'adressant au peuple par une proclamation conçue en ces mots: « Espagnols, tout vous appelle à vous unir et à » prévenir des desseins si atroces. *Il n'existe* » *point de révolution* en Espagne; notre seul » objet est de défendre ce que nous avons de » plus sacré, contre cet homme qui, sous le » voile d'une alliance, vouloit nous ravir nos » lois, notre monarque et notre religion. Espa-» gnols, votre pays, vos propriétés, vos lois, » votre liberté, votre Roi, votre religion, vos » espérances dans un monde meilleur, que cette » religion peut seule offrir à vous et à vos des-» cendans, tout cela est en péril; tout cela est » menacé du danger le plus grand et le plus » pressant ! »

L'évêque d'Orensé, prélat dont la vertu faisoit l'ornement de l'Eglise qu'il défendoit, s'adres-

soit au peuple dans les mêmes termes, et pro-
duisoit l'effet le plus puissant. C'étoit lui qui
avoit le plus contribué à faire naître et à diriger
la résistance des habitans de la Galice dans cette
partie de la province où son diocèse étoit situé :
et son caractère, son influence et son patriotisme étoient si bien connus, que l'on attacha le
plus grand prix à le nommer membre de la régence, dont cependant il se retira pour des raisons qui seront expliquées plus tard. Les prêtres,
parfaitement informés du sort que leur ordre
avoit éprouvé en France, s'étoient long-temps
opposés à la propagation des principes français,
et ils avoient fomenté la haine du peuple contre
cette nation, autant par un sentiment de défense
personnelle que par un zèle religieux. L'Inquisition avoit veillé avec assiduité sur la presse : et
quoique cette détestable institution tînt une partie
du peuple dans l'ignorance, ce sera une excuse
pour sa tyrannie qu'elle ait servi à le préser-
ver de la contagion des principes immoraux qui
ont inondé et souillé d'autres parties de l'Europe.

On ne peut pas imaginer qu'une nation abîmée
ou ensevelie sous tous les genres de dégradations
politiques, par des causes qui ont agi depuis
long-temps, puisse être régénérée tout à coup,
et comprendre les bienfaits d'une constitution

libre. Elle ne sera pas même en état d'en sup-
porter l'exercice. La précipitation qui rendroit
la marche vers cette fin plus rapide qu'elle ne
doit l'être naturellement, ne servira comme
nous l'avons déjà vu, qu'à introduire l'anarchie
et à répandre le sang. Il étoit juste, il étoit indispensable que les classes les plus éclairées de
l'Espagne prissent avantage du moment favorable que les circonstances dont nous nous occu-
pons présentoient, pour améliorer leur situation
politique. Tout Espagnol libre désiroit voir
changer l'état dégradé de l'Espagne en une meilleure forme de gouvernement ; mais pour y parvenir il ne falloit pas essayer des mesures subites
et violentes. Pour que le changement fût durable,
il eût dû être graduel. « La liberté », a-t-il été
dit avec justesse, « pour qu'on en puisse jouir,
» ne doit pas être saisie prématurément. Le
» moyen de profiter des conjonctures qui lui sont
» favorables n'est pas de faire tout ce qui est
» possible dans le moment, mais de n'entre-
» prendre que ce que réclament les nécessités du
» temps, et que ce que garantit l'état de l'opi-
» nion publique. » Que garantissoit l'état de
l'opinion publique en Espagne? de respecter les
préjugés qui soutenoient la constance du peuple
dans cette mémorable lutte, et de les corriger
par degrés. Que réclamoient les nécessités du

temps, que le gouvernement provisoire s'occupât d'organiser les ressources militaires du pays ; qu'il réunît tous les sentimens dans chaque classe et dans chaque profession, et qu'il les fît tous concourir pour arriver au grand but : repousser l'ennemi du pays, et éviter tout ce qui pourroit occasionner la désunion.

Les avocats de la liberté opposeront à ceci que les avantages que l'on auroit pu recueillir de ces sages mesures auroient été exposés à la chance terrible de laisser ensuite retomber l'Espagne dans son ancien état. Dieu merci, cela ne peut jamais arriver, et quelques actes fondamentaux auroient facilement réglé la nature et le degré de la réformation. Tels eussent été l'abolition de l'Inquisition, la liberté de la presse, une déclaration de droits, et un engagement de s'occuper de la situation politique de l'État, aussitôt que le pays eût été parfaitement indépendant. Cela eût suffi pour lors. A la vérité, l'émancipation des esprits prenoit un essor rapide, et l'on pouvoit voir que le peuple espagnol se réveilloit de sa léthargie. Les débats publics sur les sujets politiques, l'usage devenu commun d'envoyer la jeunesse recevoir son éducation en Angleterre, le nombre considérable de personnes éclairées que la guerre conduisoit en Espagne, la longue absence du monarque

légitime , et par conséquent l'habitude de ne
plus obéir au pouvoir absolu, promettoient à
l'Espagne une grande et durable amélioration
politique, si elle avoit su la *cultiver graduellement*.

Après avoir présenté les observations précé-
dentes, nous allons traiter en abrégé de la constitution espagnole ; nous l'examinerons par rapport à l'état de la société pour laquelle elle a été
faite. Nous considérerons ensuite les effets de
quelques actes postérieurs des Cortès, et nous re-
chercherons s'ils étoient judicieusement calculés
pour produire d'heureux résultats, ou s'ils n'é-
toient pas destinés plutôt à répandre des se-
mences qui ne devoient pas manquer de produire les maux les plus redoutables.

C'est l'objet le plus essentiel de cet ouvrage ,
que de donner un compte exact de la constitution
de 1812 ; car la nature précise de ce code doit être
une considération principale et déterminante
pour les mesures commerciales et politiques que
la Grande - Bretagne devra adopter, quelque
tournure que prennent les affaires. Il est clair
que le public n'est pas généralement au fait du
véritable caractère de ce code. La constitution
actuelle d'Espagne a été faite à Cadix dans les
années 1811 et 1812 , lorsque cette ville étoit
en état de siége, et lorsque toutes les provinces

d'Espagne, excepté la Galice, étoient occupées par l'ennemi. Ces Cortès extraordinaires, par lesquelles le nouveau code fut dressé, étoient constituées de la manière que nous expliquerons ci-après :

Précis de la constitution politique de la monarchie d'Espagne.

La nation espagnole est formée de la réunion de tous les Espagnols des deux hémisphères.

La nation espagnole est libre et indépendante, et n'est, ni ne peut jamais être le patrimoine d'aucun individu, ni d'aucune famille.

La souveraineté réside essentiellement dans la nation, à laquelle appartient le droit exclusif d'établir ses lois fondamentales.

Le territoire de la monarchie espagnole comprend :

1°. Dans la péninsule inclusivement avec ses possessions et ses îles adjacentes : l'Arragon, les Asturies, la vieille Castille, la Catalogne, Cordoue, l'Estramadure, la Galice, Grenade, Jean, Léon, Molina, Murcie, Navarre, les provinces biscayennes, Séville, Valence, les îles Baléares, les Canaries et les autres possessions d'Afrique.

2°. Dans l'Amérique septentrionale : La Nouvelle Espagne, la Nouvelle Galice et la péninsule de Yucatan, Guatimala, les provinces intérieures de l'est et les provinces intérieures de l'ouest, l'île de Cuba avec les deux Florides, la partie espagnole de Saint-Domingue, l'île de Porto-Ricco, avec les autres terres adjacentes au continent, de l'une et de l'autre mer.

3°. Dans l'Amérique méridionale : La Nouvelle Grenade, Venezuela, le Pérou, le Chili, les provinces de la rivière de la Plata et les îles adjacentes dans la mer Pacifique et l'Océan Atlantique.

4°. En Asie : Les îles Philippines, et celles qui dépendent de son gouvernement.

L'article 172 établit comme une loi fondamentale qu'aucune province, aucune cité, aucune ville ou village, qu'aucune portion du territoire espagnol enfin, quelque petite qu'elle soit, ne peut être aliénée, cédée ou échangée.

Les lois de la représentation sont les mêmes pour toute la vaste étendue des domaines de cette monarchie, et les Cortès sont formées de députés élus par les différens royaumes, provinces et îles énumérés ci-dessus, dans la proportion d'un député par soixante-dix mille âmes

Les Cortès forment une seule Chambre ou Etat, c'est à savoir les communes, et les députés en sont élus de la manière regardée jusqu'ici comme formant la législation d'une *république parfaite*, la base de l'élection étant le suffrage universel (1).

Le droit d'élire appartient à tous les Espagnols, qui ont quelqu'emploi, profession, charge publique ou quelque moyen connu d'existence, à l'exception seulement des domestiques, des banqueroutiers, et de ceux qui ont été poursuivis criminellement ; mais après l'année 1830 aucun citoyen ne pourra jouir de ce droit s'il ne sait lire et écrire.

D'après le mode d'élection en trois classes, les premiers électeurs sont ceux de la paroisse, les seconds ceux du canton, les troisièmes ceux de la province.

Les électeurs de la paroisse sont tous les citoyens qui y résident, en y comprenant le clergé séculier.

L'assemblée élective se tient le dernier dimanche du mois d'octobre qui précède la réunion des prochaines Cortès qui a toujours lieu en mars.

Les électeurs de chaque paroisse nomment un électeur paroissial par deux cents habitans.

Ces électeurs nomment onze commissaires, et ceux-ci nomment à leur tour l'électeur

---

(1) L'auteur entend par cette expression que tous les citoyens ont droit de suffrage.

paroissial, ou représentant de la paroisse tout entière.

Les représentans de toutes les paroisses du canton s'assemblent dans la ville principale du district, au mois de novembre qui précède la réunion des Cortès suivantes ; et là ils désignent les électeurs qui doivent se rendre dans la capitale de la province pour y choisir les députés aux Cortès.

La quotité de la propriété nécessaire pour rendre une personne susceptible d'être élue député n'est pas déterminée ; l'article 92 établit seulement que cette personne doit avoir un revenu annuel convenable, provenant d'une propriété alors existante.

Les électeurs de district doivent être en nombre triple des députés qui doivent être envoyés par la province aux Cortès.

S'il arrivoit que dans une province il n'y eût qu'un député à élire, il doit y avoir au moins cinq votans ; on répartira ce nombre entre les districts, ou bien on établira de nouvelles divisions dans la province à représenter.

Le député qui remporte les suffrages doit réunir la moitié des voix, plus une. Si aucun des candidats n'avoit ce nombre de suffrages, il y aura un nouveau ballottage entre les deux qui auront le plus grand nombre de votes.

Les Cortès s'assemblent le 1er mars de chaque année, sans qu'il y ait besoin pour cela d'appel ni de convocation. La session dure au moins trois mois consécutifs; elle peut se prolonger jusques à quatre mois si cette mesure est votée par les deux tiers des députés présens.

Le Roi ne peut ni proroger ni dissoudre l'assemblée des Cortès.

Une élection générale de nouvelles Cortès a lieu tous les deux ans, et aucun député ne peut siéger à deux Cortès consécutives. C'est-à-dire qu'aucun député ne peut être réélu qu'après des Cortès intermédiaires de deux ans.

Aucun étranger ne peut être député, quand même il auroit reçu des lettres de naturalisation.

Le Roi ouvre les Cortès par un discours ; mais il doit y paroître sans gardes. Les Cortès ne peuvent délibérer en sa présence.

Les débats sont publics, et les membres sont inviolables pour leurs opinions.

Aucun député ne peut demander au Roi, ni recevoir de lui des récompenses, des pensions ou des honneurs.

La moitié des députés, plus un, suffit pour prendre une résolution.

Les projets de loi doivent être lus trois fois L'approbation des Cortès est nécessaire pour

ratifier toute alliance offensive, tous subsides
et tout traité de commerce.

Les Cortès peuvent permettre ou refuser
l'admission de troupes étrangères.

Ils décrètent la création ou la suppression
de toutes les places dans les tribunaux. et de
tous les emplois publics.

Ils forment et donnent des règlemens pour
l'armée, la marine et la milice ; ils règlent ce
qui a rapport à la discipline, à l'ordre de l'a-
vancement, à la solde, à l'administration, et en
un mot tout ce qui regarde le bon ordre et la
constitution de l'armée et de la marine. Ils
fixent et règlent la dépense de toutes les admi-
nistrations publiques.

Ils protègent la liberté de la presse, établissent un mode général d'enseignement public
dans tout le royaume, et l'on demande leur approbation pour le plan d'éducation du prince
des Asturies.

Les secrétaires d'Etat et tous les officiers publics sont personnellement responsables envers
les Cortès de leur administration des affaires
publiques.

Outre ces pouvoirs ils en ont encore d'autres
pour la perception et la répartition des impôts,
la monnaie, etc.

Quand un projet de loi est présenté au Roi,

il est tenu de donner son agrément dans l'es-
pace de trente jours ; faute de quoi, son silence
tient lieu de consentement, et le projet devient
loi.

Un projet de loi auquel l'assentiment du Roi
a été refusé peut être représenté aux Cortès dans
la session suivante, et il a le même sort si le Roi
le rejette encore et donne par écrit l'exposé de
ses motifs comme auparavant ; mais si le projet
passe de nouveau aux Cortès dans la session suivante, il obtient force de loi sans être soumis
à l'acceptation du Roi.

Les lois peuvent être rapportées de la même
manière, et ce pouvoir de contraindre la volonté royale à rapporter des lois est peut-être
plus dangereux que le pouvoir de contraindre
le Roi à en faire.

Avant que les Cortès ferment une session, ils
établissent une députation permanente des Cortès, formée de sept de leurs membres dont trois
doivent être députés d'Amérique, et trois députés d'Europe ; le septième est choisi entre
deux membres, l'un d'un hémisphère, l'autre
de l'autre, et deux surnuméraires leur sont ad-
joints.

Ce comité perpétuel des Cortès tient ses
séances dans la capitale jusqu'à la prochaine session des Cortès. Ce conseil est chargé de veiller

à la stricte observation de la constitution et à l'administration de la justice; il fait aux Cortès un rapport sur les infractions qu'il a remarquées.

La députation permanente peut appeler des Cortès extraordinaires (c'est-à-dire demander une convocation extraordinaire des Cortès ordinaires) dans des temps difficiles, quand la couronne est sans maître, ou que le Roi est jugé incapable de gouverner. La députation permanente a droit d'examiner cette incapacité de quelque cause qu'elle provienne.

Les ministres du Roi ne peuvent siéger aux Cortès; ils présentent les ordonnances, et avec permission de la Chambre parlent sur leurs propositions, mais ils ne peuvent assister aux débats sur aucun article.

Les ministres sont responsables aux Cortès des ordres qu'ils auroient donnés, et qui enfreindroient en quelque chose que ce fût la constitution et les lois, quand même ils auroient agi d'après les ordres du Roi; et aucun tribunal ou officier public ne peut obéir qu'à un ordre par écrit contre-signé par un secrétaire d'Etat.

Les Cortès règlent le traitement des secrétaires d'Etat.

Le Roi n'a d'autre conseil que le *consejo d'Es-*

tado ou conseil exécutif dans lequel ne peuvent siéger les ministres.

Le *consejo d'Estado* se compose de quarante membres, dont les étrangers sont exclus, quand bien même le titre de citoyen leur seroit conféré par des lettres de naturalisation. De ces quarante membres, douze au moins doivent être natifs des colonies d'Amérique. Quatre ecclésiastiques, dont deux peuvent être évêques, et quatre grands du royaume sont admis à ce conseil. Le reste des membres est choisi parmi des personnes distinguées dans les principales branches de l'administration.

Les quarante membres sont tous choisis par le Roi, sur une liste de cent trente noms qui lui sont présentés par les Cortès ; mais aucun député actuellement siégeant, ne peut être conseiller, et aucun membre du conseil d'Etat ne peut recevoir du Roi aucune charge, aucun emploi, ni honneur.

Le Roi ne peut avoir, ni écouter aucun autre conseil ; il se conformera à ses décisions sur toutes les matières importantes relatives au gouvernement, et spécialement quand il s'agira d'accorder ou de refuser sa sanction aux lois présentées par les Cortès ; de même quand il sera question de déclarer la guerre ou de conclure des traités.

Le conseil présente au choix du Roi trois personnes, pour les vacances aux bénéfices ecclésiastiques, et aux emplois dans la magistrature.

Les membres du conseil exécutif reçoivent un
traitement déterminé par les Cortès.

Pour le gouvernement politique des provinces, une députation provinciale est formée
dans chacune d'elles, par le suffrage des électeurs communaux, lorsqu'ils se réunissent pour
l'élection générale de nouvelles Cortès.

Ces députations provinciales sont composées
de sept membres, présidés par le chef politique
de la province, assisté d'un secrétaire dont le
traitement est fixé par les Cortès. Ils doivent
être assemblés quatre-vingt-dix jours par an,
répartissant leurs séances comme ils le veulent,
sur toute l'année.

D'après les pouvoirs et les attributions de
ces députations, et leur constitution, on peut
les considérer comme des comités permanens des
Cortès, et ainsi que la députation permanente
de ce corps, ils sont chargés de veiller à l'observation de la constitution et à l'administration
de la justice, et doivent aux Cortès un rapport
sur les infractions qu'ils auroient remarquées.

Pour assurer la stricte observation de la constitution, et prévenir les changemens qu'on pourroit y faire, les Cortès sont obligées au commen

cement de chaque session de procéder à l'examen des infractions dont les auroient averties
leur députation permanente, ou les députations
provinciales, et de prendre les mesures nécessaires pour réaliser la responsabilité des auteurs
de ces infractions.

Tout Espagnol a droit de dénoncer aux Cortès
ou au Roi les infractions à la constitution, et de
protester contre les violences.

Aucun projet pour un changement quelconque
à quelque article que ce soit de la constitution
proclamée en 1812 ne sera admis, jusqu'à ce que
cette constitution compte huit ans de vigueur
dans son état actuel. A l'expiration de ce terme,
les Cortès pourront accueillir toute proposition
qui leur sera présentée par écrit et signée de vingt
députés au moins. La proposition de changement
doit être lue trois fois et ensuite livrée à la discussion. Si elle est appuyée par les deux tiers
des députés présens, elle continue à valoir;
mais elle ne peut être représentée de nouveau
qu'après la nouvelle élection générale. Si elle
passe aux nouvelles Cortès par une majorité des
des deux tiers, comme la première fois, elle
est communiquée aux juntes électorales, sans
l'approbation desquelles, les députés de ces
juntes ne peuvent voter la mesure proposée, et
le changement est rejeté

Si, au contraire, après en avoir référé aux juntes électorales, cette majorité des députés est autorisée à voter le changement présenté, l'amendement obtient force de loi, et est, à cet effet, proclamé dans l'assemblée des Cortès ; et il paroît par cet article (383) que le consentement du Roi n'est pas nécessaire pour la sanction de cette nouvelle loi.

Ce précis de la constitution espagnole nous semble bien suffisant pour donner une idée de son esprit.

Presque toute l'Espagne étant occupée par les troupes de Napoléon au moment où les Cortès extraordinaires furent formées, peu des membres furent élus comme il convenoit qu'ils le fussent par les villes et par les provinces de l'ancienne Espagne qu'ils étoient censés représenter. Parmi les membres qui siégèrent comme députés des colonies, un nombre moindre encore avoit été choisi par un corps d'électeurs régulièrement constitués. A cette époque, une multitude de personnes que les troubles de la guerre avoient chassées des provinces se trouvoient à Cadix. L'état des affaires y avoit aussi rassemblé un grand nombre de négocians de l'Amérique du Sud, natifs ou non de ces pays. Il ne fut donc pas difficile de trouver des hommes appartenant de manière ou d'autre aux différens royaumes, aux cités, villes et provinces d'Espagne de l'ancien ou du nouveau Monde : on en fit en apparence leurs représentans légitimes.

Quelques uns des membres qui siégèrent pour des provinces occupées par les Français furent choisis cependant d'une manière quelconque par les juntes patriotiques qui, malgré la guerre, continuèrent à exister dans quelques parties du pays. Mais ce mode irrégulier d'élection ne put même pas avoir lieu dans les villes qui furent constamment occupées par les Français. Nous donnons la liste des membres des Cortès extraordinaires qui firent la constitution de 1812 ; que celui qui prendra la peine de l'examiner se souvienne de l'état des colonies à cette époque, et qu'il se rappelle que les Français n'ont jamais cessé d'être en possession de la plupart des villes nommées dans cette liste. Il comprendra bientôt que peu des députés ont pu être nommés d'une manière assez légale, pour les autoriser à donner une nouvelle constitution à la monarchie espagnole. Leurs pouvoirs, comme gouvernement provisoire, n'auroient jamais été mis en question, s'ils s'étoient bornés à l'administration des affaires du royaume, et à adopter des mesures *modérées* de réforme. Dès qu'ils commencèrent à faire une constitution que l'on connut bientôt, par les rapporteurs, comme

ayant une tendance démocratique, et ressem-
blant beaucoup à la constitution française de
1791, l'opposition, le mécontentement, et la
désunion commencèrent à se manifester dans
toute l'Espagne.

Les nobles et le clergé aperçurent d'abord combien peu on avoit eu égard à leurs intérêts dans
le nouvel ordre de choses. Un grand nombre
d'hommes sages de toutes les classes qui auroient
volontiers concouru à des institutions modérées,
furent jetés tout d'un coup dans une opposition
formelle à des mesures si violentes. Les Cortès
limitoient à l'excès, ou plutôt anéantissoient
entièrement la prérogative royale. Toutes les
possessions féodales se trouvoient détruites au
grand détriment des fortunes, des droits de
propriété et de l'importance des nobles et des
seigneurs. La destruction du pouvoir des prélats,
et en général de toutes les cours ecclésiastiques
étoit consommée, et les avertissemens donnés
par les débats sanglans que la constitution de 1791
avoit occasionnés en France, appelèrent contre
les actes des Cortès la désapprobation la plus
positive, lors même que leur ouvrage étoit encore
entre leurs mains. Quand il vint à être promul-
gué, il suscita dans un grand nombre de parties
du royaume la plus violente opposition. Roya-
listes, nobles, clergé, tous et partout étoient

unanimes dans les cris par lesquels ils le re-
poussoient. Ceux mêmes qui avoient le plus
contribué à exciter et à maintenir la résistance
aux Français, abandonnèrent la cause quand ils
aperçurent que le gouvernement agissoit avec
un tel dédain du but populaire de la guerre.
L'évêque d'Orensé se retira de la régence,
quand il vit qu'il ne pouvoit plus arrêter cette
tendance à la démocratie. Les chaires mêmes et
la presse, d'où étoient parties ces adresses,
qui d'abord avoient poussé le peuple à la résistance, condamnèrent nettement les actes du
gouvernement. Dans plusieurs lieux les habitans
furent avertis que de plus longs efforts ne les con-
duiroient pas aux grandes choses qu'ils s'étoient
proposées en prenant les armes; qu'un gouvernement constitué par lui-même, bien que
compétent pour administrer provisoirement les
affaires du pays pendant la captivité du sou-
verain, avoit fait une constitution entièrement
opposée à l'objet populaire de la guerre, et avoit
en quelque sorte déposé le Roi; que conséquem-
ment faire de plus grands efforts en faveur de
ce gouvernement, c'étoit en réalité se révolter
contre le gouvernement. Nous nous rappelons
tous combien à une époque avancée de la guerre
on se plaignoit de l'apathie des Espagnols. Nous
nous rappelons tous combien il paroissoit être

incompréhensible que l'esprit d'enthousiasme qu'ils avoient déployé au commencement de la querelle, se fût sitôt évanoui. On en trouve ici la solution : elle expliquera ce fait, que depuis l'année 1811, les efforts des paysans étoient entièrement nuls. Les seules opérations irrégulières qui eurent lieu dès lors n'étoient que celles des Guérillas. Ces bandes étoient composées pour la plupart des débris des armées espagnoles. Le plus grand nombre, et certainement les plus actives d'entre elles étoient commandées par des personnes qui étoient alors *libérales* (constitutionnels). Rien ne l'a mieux prouvé que le parti que l'Empencinado, Mina, Porlier, el Pastor et beaucoup d'autres ont pris depuis ce temps. Les constitutionnels n'étoient rien moins que bien intentionnés pour la Grande-Bretagne. Ils prirent avantage de son aide pour l'exécution de leurs propres desseins ; mais ils ne voulurent pas se laisser guider par son jugement. C'étoit l'esprit pur, ancien, national du peuple espagnol qui s'étoit allié avec la Grande-Bretagne, dans la noble lutte pour l'indépendance, et non pas celui d'une faction démocratique, qui dévoiloit maintenant ses principes de gouvernement. Les négocians de Cadix, et d'autres personnes en rapport avec l'Amérique méridionale, avoient été les principaux promoteurs

de la constitution, et il ne manquoit pas d'a-
gens prêts à les seconder : les uns par des motifs coupables, d'autres par des vues erro-
nées, quoiqu'honnêtes. Un grand point étoit
de *retenir l'empire sur leurs colonies*. Ja-
loux de l'Angleterre, ils refusèrent sa médiation
entre l'Espagne et les provinces révoltées, et
ils espéroient conserver leur domination sur
elles par la communauté de législation que l'on
avoit introduite dans le nouveau code. Ils étoient
si zélés dans la poursuite de cette illusion,
qu'ils essayèrent de joindre la force à leur politique. En 1811, ils firent partir de la Galice
un grand armement composé de plusieurs régimens. Cette province étoit la seule d'Espagne qui n'étoit pas occupée par les Français,
et précisément alors, le capitaine général qui la
commandoit, représentoit ses forces comme
insuffisantes, se plaignoit de manquer d'argent,
et exposoit le besoin où il se trouvoit de toute
espèce de provisions. Cependant le gouvernement de Cadix trouva le moyen de faire cette
expédition.

Lorsque la constitution fut promulguée, il
fut aisé de voir à la manière dont elle fut reçue
dans presque toute l'Espagne qu'elle n'étoit pas
conforme à l'esprit public. Des personnes, qui
étoient présentes quand elle fut proclamée aussi

de la capitale, dans les ports de mer et dans les grandes villes commerçantes, ont pu en penser autrement. Dans tous ces lieux elle flattoit l'espérance favorite de retenir les colonies. Mais c'est un fait que, dans un grand nombre de cités, dans la plupart des villes, dans tous les villages, et généralement parmi les paysans, elle fut reçue avec déplaisir, avec dégoût, et même en beaucoup d'endroits avec horreur.

Cela est si vrai que quelques autorités, agissant sous le gouvernement provisoire, conçurent la crainte de quelque commotion populaire. On appréhenda tellement ce résultat qu'en mars 1812 on n'osa pas armer les paysans de Galice qui avoient demandé des armes pour défendre leur pays alors menacé par l'ennemi. Dans d'autres parties de l'Espagne de semblables craintes dictèrent les mêmes précautions. Elles n'étoient que trop fondées. Ceci ne paroîtra pas extraordinaire aux lecteurs qui, après avoir bien étudié les vraies dispositions du peuple et le véritable caractère de la constitution, liront les extraits suivans des adresses qui furent imprimées et répandues dans les campagnes, et qui peignent ce code d'une manière aussi vraie que prophétique.

« Une fatale expérience nous fait sentir plus

profondément que jamais la perte de notre *chef*, la foiblesse du corps et la destruction du centre d'union. Au lieu d'une régence compétente représentant la personne et la souveraineté du Roi, et communiquant le mouvement et l'activité autour d'elle, il s'est créé un gouvernement de confusion, d'apathie, de contradiction et de désordre; un corps sans tête; des membres et point de corps, des parties sans un tout; tout cela sans principe, sans harmonie, sans centre et sans union; un assemblage d'individus indépendans animés de différens intérêts et enflammés par diverses passions politiques. C'est de ces élémens discordans que découlent les crimes que nous abhorrons : la trahison envers notre Dieu, envers notre Roi et envers nos lois : envers Dieu, parce que notre religion est menacée d'être détruite ; envers le Roi, parce que la constitution, politiquement parlant, le dépose, et qu'elle le dépouille de toute autorité souveraine ; envers la nation, parce qu'elle détruit ses lois fondamentales et met en révolution la monarchie que nous avons juré de défendre.

» Oui, la volonté nationale est méconnue, on se révolte contre elle, puisqu'elle a été manifestée mille fois de la manière la plus solennelle parmi les élans de l'enthousiasme et parmi nos sermens de conserver notre monarchie et nos lois.

Cette alliance, cette ferveur d'union qui sembloit nous être inspirée par le ciel même, des députés factieux viennent de la détruire. Ils ont mis en pièces les lois, la souveraineté et la religion. Ils nous ont armés les uns contre les autres, ils ont glacé le zèle des défenseurs de nos droits, ils ont ruiné ce boulevard jusqu'alors inexpugnable pour les Français parce qu'il étoit fondé sur l'union de nos sentimens, et ils ont détruit l'obligation de persévérer dans la lutte, en abandonnant les travaux que le peuple avoit juré d'achever. »

L'évêque d'Orensé qui, à cause de son caractère, de ses grandes vertus, de son influence et des services qu'il avoit rendus à la cause au commencement de la guerre, avoit été nommé membre de la régence et qui avoit agi comme membre de ce corps, s'en retira dès qu'il vit l'ascendant que prenoient les principes démocratiques, et les mesures révolutionnaires dont il ne pouvoit plus arrêter le cours. Il retourna dans son diocèse. Quand les ordres du gouvernement de proclamer la constitution en Galice y furent reçus, l'évêque fit le serment qu'on lui demandoit, d'y obéir et d'y faire rendre obéissance comme à un acte du gouvernement provisoire ; mais il fit des réserves et déclara qu'il ne reconnoissoit pas, par ce serment, la

vérité de certains principes qui y étoient con-
tenus, et qu'il regardoit comme incompatibles
avec ses premiers sermens.

Aussitôt que ces réserves furent connues par
les Cortès, elles prirent le parti précipité et
violent de prononcer une sentence de bannisse-
ment contre le vénérable prélat, et la *forfaiture*
de tous ses droits et dignités temporels et spiri-
tuels. L'évêque, averti à temps, se retira dans
une paroisse portugaise de son diocèse, où il
écrivit et publia une protestation, dont voici
l'extrait :

« Les Cortès, dans leur *procédure* contre
l'évêque d'Orensé, ont décrété que quand un
membre de la société ne veut pas se conformer à ses coutumes, il doit en être séparé.
Mais d'abord l'évêque s'est conformé à la constitution décrétée par les Cortès extraordinaires,
puisqu'il s'est engagé à l'observer et à la faire
observer comme un acte du gouvernement provisoire. En second lieu, il n'est pas reconnu
que la société de la nation ait établi la société
des Cortès (1). Si la majorité des Espagnols re-
jetoit cet acte des Cortès, ou s'y opposoit, se-
roit-ce un acte de la nation ? Les votes de la

_____

(1) Faisant allusion au fait que les députés qui avoient
fait la constitution n'étoient pas légalement élus.

majorité des députés actuels devroient-ils pré-
valoir contre la majorité des votes du peuple
lui-même? Par une telle prétention on forceroit
la nation à repousser de son sein des députés
qui abuseroient ainsi de leur pouvoir provisoire. Il est donc nécessaire de faire une distinction entre la société des députés et la société
de la nation. L'évêque n'a pas souhaité, ne
souhaite pas et ne peut pas souhaiter d'appartenir à la société des députés, ni d'être un de
leurs coadjuteurs. Il a déjà renoncé à cet honneur, et dans le temps il a expliqué ses raisons
pour se retirer de la régence : mais il n'a pas
renoncé à l'honneur d'appartenir à la société
de la nation. Il est un véritable Espagnol, et il
continuera de l'être, quoique les Cortès extraordinaires le jugent indigne de ce titre illustre. Il peut dire sans vanité que parmi les
quatre-vingt-quatre députés qui l'ont regardé
comme indigne, il n'y en a pas un qui puisse
donner plus que lui des preuves décisives publiques et démonstratives d'amour pour la nation, et de fidélité au Roi. Il n'en est pas de
même de tous les autres députés qui ne sau-
roient prouver que leur amour pour la constitution : et, comme elle est leur ouvrage, cet
amour peut se comparer à celui des pères pour
leurs enfans, qu'ils chérissent toujours, quelles

que soient leurs difformités. L'évêque confesse qu'il n'aime pas la constitution, parce qu'il ne la regarde ni comme utile ni comme convenable, mais qu'au contraire elle lui paroît préjudiciable, et cela pour des raisons graves. Les expliquer demanderoit un ouvrage que ne permettent pas à l'évêque son âge et ses infirmités. »

Un gouvernement qui n'eût pas été aveuglé par l'excès d'un zèle révolutionnaire, et qui eût eu véritablement pour objet la guérison des maux qu'il prétendoit faire disparoître, auroit considéré la défection de l'Eglise dans un pays tel que l'Espagne, comme un obstacle à toute mesure violente. Il devoit être sûr que la persévérance dans cette conduite amèneroit des réactions ; mais, loin d'en être effrayés, les Cortès continuèrent de fournir des alimens à la flamme.

Quoique ceux qui avoient fait la constitution fussent sans respect pour les préjugés religieux du peuple, auquel ils vouloient donner des lois, ils les craignoient assez pour ne pas laisser entrevoir les réformes qu'ils comptoient introduire dans les établissemens de l'Eglise. L'article unique sous le titre de *Religion*, est une déclaration intolérante, portant que la religion catholique et romaine est la seule nationale , et que l'exercice d'aucune autre ne sera jamais permis. L'intention en ceci étoit de se procurer l'aide du clergé pour établir la constitution , et d'éviter d'inquiéter le peuple qui n'auroit pas manqué de s'agiter au moindre soupçon de changemens religieux. Cet article du nouveau code a été cité par des commentateurs pour prouver que le clergé d'Espagne n'avoit point de juste motif d'être mécontent des mesures des Cortès. Le clergé ne se laissa pas si facilement tromper, ou plutôt les Cortès ne tardèrent pas à le tirer d'erreur, s'il avoit pu y tomber. Peu de temps après que la constitution eut été publiée , on s'occupa de règlemens relatifs au clergé. Nous n'en rendrons compte qu'autant qu'il est nécessaire de le faire pour expliquer son mécontentement, à ceux qui, après avoir lu l'article *Religion* dans la constitution , ne pourroient pas comprendre ce que le clergé peut y désapprouver si fortement. Le 16 juin 1812 on publia un acte pour abolir les dîmes dans toute la monarchie. Cette mesure fut annoncée avec un préambule appelé la *parte legal*, où il est dit « que le précepte ou l'obligation de payer la dîme a été entièrement aboli à la mort de Jésus-Christ (1). » Les Cortès ne pouvoient

---

(1) El precepto de pagar diezmos quedó enteramente abolido con la muerte de Jesu-Cristo.

pas faire un acte plus irréfléchi : il est clair que ce projet avoit dû être pris en considération, et examiné lorsque la constitution avoit été décrétée. En faisant la folie de prendre cette mesure, et de la prendre d'une telle manière, on donna lieu au clergé de taxer encore d'hypocrisie et de déception la conduite des Cortès, qu'il caractérisoit déjà de sacrilége, et qu'il dénonçoit comme une usurpation des droits de l'Eglise, et un attentat au droit de propriété.

Il est inutile de s'étendre davantage sur l'esprit du code espagnol, pour montrer combien il est à craindre que ses tendances dangereuses ne viennent à bouleverser l'Europe. Il fonde presque entièrement une *démocratie pure*, un mode d'élection dont la base est le suffrage universel; les courts parlemens (de deux ans); une législature composée seulement des communes; un Roi sans pouvoir et qui ne nomme pas ses conseillers, livré entre les mains d'un conseil exécutif, nommé et payé par les communes ; un conseil sans le *dictamen* duquel le Roi ne peut rien faire, et où ses ministres qui sont aussi exclus des Cortès, n'ont pas voix: la volonté du monarque pouvant être contrainte dans toutes les occasions, si les Cortès persévèrent à présenter trois fois de suite le même projet de loi : des ministres rendus responsables d'actes auxquels ils n'ont eu aucune part, et pour lesquels ils n'ont même eu le droit d'émettre aucun vote, car le *consejo d'Estado* est le seul conseil du Roi ; l'armée et la marine sous l'autorité des communes pour tout ce qui regarde les ordonnances, la discipline, l'ordre d'avancement, la solde, l'administration, et enfin pour tout ce qui appartient à leur constitution et à leur bon ordre : tels sont les élémens discordans dont la constitution espagnole est formée, dont elle est infectée, et qui ont produit des désordres qui, s'ils ne sont pas réprimés, feront bientôt que le pays passera des horreurs de la guerre civile au despotisme militaire. Ceux qui soutenoient la constitution furent dès l'origine appelés *liberales*, ceux qui s'y opposoient reçurent le nom de *serviles*. Dès lors il fut évident qu'il s'étoit formé un esprit de parti furieux, qui devoit avant peu inonder l'Espagne du sang de ses enfans, et l'Europe du venin des plus dangereux principes.

La constitution est datée du 19 mars 1812, mais sa promulgation fut différée jusqu'à ce que les succès que l'on se promettoit de la campagne eussent rendu quelque territoire où l'on pût la proclamer.

Quand l'armée française, battue à Salamanque, se retira de toute cette partie de l'Espagne, et que le siége de Cadix fut levé, le gouvernement espagnol fit proclamer la nouvelle constitution dans toutes les cités, villes et villages abandonnés par l'ennemi. Elle fut reçue en apparence avec satisfaction à Madrid, dans certaines grandes cités, et dans tous les ports de mer ou villes de commerce. Il n'en fut pas de même ailleurs.

Pendant tous les mouvemens de l'année 1812, toute l'armée anglaise avoit remarqué combien le peuple espagnol étoit devenu tiède. A la vérité, nos troupes étoient bien reçues partout, mais le peuple se bornoit aux cris de *vivas*, dont il nous accueilloit. Les armées régulières espagnoles ne se recrutèrent pas d'un seul homme dans les provinces qu'elles occupèrent pendant la campagne. Tous les efforts pour organiser une force populaire, furent sans effet. On ne réussit pas davantage dans le plan que l'on avoit conçu d'incorporer des recrues espagnoles dans l'armée alliée, en les mettant sous des officiers anglais. On avoit fait avancer l'armée alliée vers le centre du pays, dans l'espoir d'encourager et de produire des mouvemens parmi le peuple en faveur de la cause; on n'obtint aucun résultat; enfin, après une campagne pénible, l'armée alliée revint en Portugal sans avoir tiré d'autre avantage de la glorieuse victoire de Salamanque, que l'occupation tem-

poraire de Madrid, et l'évacuation de l'Anda-
lousie.

La guerre continua, et, malgré l'apathie que
montroit la masse du peuple espagnol, elle fut
conduite à une heureuse fin ; mais ce fut princi-
palement par les efforts du gouvernement anglais, par les moyens abondans qu'il fournit,
par la bravoure de nos troupes et par la manière
admirable dont elles furent commandées par
l'illustre Wellington.

Quand le pouvoir de Napoléon fut renversé,
et que Ferdinand, sorti de sa captivité, retourna
en Espagne, sa première intention étoit certainement de se rendre dans sa capitale, et là
d'accepter et de jurer la nouvelle constitution,
dont il n'avoit cependant alors qu'une connoissance très-imparfaite. En traversant son
royaume, mille considérations graves appelèrent
ses réflexions sur le nouveau code. Une immense
quantité de personnes contraires à la constitution accoururent vers lui de toutes parts. Il
trouva le clergé dégoûté, un grand nombre
d'évêques exilés, les possesseurs de terres, les
nobles et les grands, mécontens ; il reconnut
que la royauté avoit été dépouillée de tout pouvoir, et que l'Espagne, au lieu d'être une *monarchie modérée*, comme le dit la constitution
(art. 14), étoit plutôt une démocratie absolue

Peut-on trouver étonnant qu'il ait hésité à reconnoître de telles institutions? Il s'arrêta donc,
et se rendit à Valence où, fortifié dans ses motifs d'opposition, par des circonstances ulté-
rieures, et certain de l'appui de son armée, il
se détermina à ne pas accepter la constitution
qui avoit été faite pendant sa captivité. Toute-
fois, avant que cette résolution eût été déclarée,
des efforts furent faits pour persuader aux constitutionnels de consentir à des modifications ;
mais leur réponse fut : « la constitution, toute la
constitution et rien que la constitution. » Peut-
être pourroit-on blâmer l'un et l'autre parti de
n'avoir pas cédé sur quelques uns de leurs principes exagérés, et de n'avoir pas adopté un *me-
dium* d'où seroit réellement résultée une monarchie tempérée. Mais, malheureusement pour
l'Espagne et pour le monde, il n'en fut pas ainsi ;
car, si le peuple espagnol se montroit contraire
à la nouvelle constitution, il désiroit aussi peu
de voir se rétablir l'ancien état de choses.
Il avoit fait des progrès rapides pendant la
guerre par les causes que nous avons déjà expo-
sées ; de plus il avoit perdu toute confiance dans
ses hommes d'État et dans beaucoup de ses
nobles qui l'avoient abandonné, et dont il
s'étoit vu trahi au commencement de la lutte.
Le peuple étoit devenu plus tolérant pour l'hé-

résie, en se trouvant si long-temps mêlé avec les hérétiques qui combattoient pour lui , et il avoit appris à les connoître. La bigoterie et la superstition se trouvèrent donc diminuées. En tout le peuple espagnol étoit devenu susceptible d'une grande amélioration politique , et le temps étoit venu de l'en faire jouir. Ferdinand promit que ce bienfait seroit accordé. Quand il refusa d'accepter la constitution de 1812, il avoit promis de convoquer les Cortès, et de leur proposer de former un système constitutionnel et tempéré.

Nous trouvons impossible de continuer cet ouvrage sans entrer dans l'examen de la conduite personnelle du Roi. Il remit en vigueur l'ancien gouvernement avec tous ses vices ; il bannit plusieurs hommes d'État éclairés, et qui n'étoient que dans l'erreur ; il négligea cette occasion favorable d'accorder un grand bienfait à un peuple qui avoit fait pour lui et pour sa famille ce que lui, ses conseillers, ses nobles et le monde entier avoient cru impossible ; qui avoit osé entreprendre ce qu'un courage indompté, l'indifférence sur les conséquences et le mépris de tous les obstacles, pouvoient seuls achever. Le Roi a donc été chargé de tout le sang qui a été répandu et de toutes les horreurs qui ont été commises ; on lui a attribué tous les désastres qui ont dévasté son malheureux pays, et qui peuvent le déchirer encore : on lui reproche la perte d'une occasion si précieuse d'améliorer l'état politique de cette belle nation ; on lui impute tout ce qui est arrivé dans d'autres parties de l'Europe et tout ce qui peut encore y avoir lieu. L'Europe l'a chargé de tout cela, et, sans nous laisser toucher de pitié pour les souffrances qu'il a accumulées sur sa tête, nous continuerons à examiner des intérêts plus grands que sa conduite a mis en danger.

L'Espagne continuoit à se montrer constante dans l'aversion populaire que l'on avoit vouée au code. Pendant quelque temps aucun mouvement d'importance n'avoit eu lieu, mais plus tard des insurrections éclatèrent dans quelques unes des grandes villes de commerce. Porlier se mit à la tête d'un soulèvement à la Corogne ; mais s'étant aventuré dans l'intérieur du pays, il fut arrêté par le peuple, et il perdit la vie. D'autres soulèvemens furent tentés en Catalogne, mais sans plus de succès : l'opposition fut partout écrasée, et pendant six ans la constitution fut comme dormante. Pendant ce moment de calme les vues du gouvernement et les spéculations des négocians de Cadix ne se détournèrent point des colonies. Dans le dessein de garder l'empire sur elles, on commença à préparer un armement qui devoit en assurer la sujétion.

Un corps considérable de troupes fut assemblé à Cadix et aux environs, tandis qu'on équipoit des vaisseaux de transport. Les embarras pécuniaires où se trouvoit le gouvernement, et le manque de quelques autres moyens retardèrent l'embarquement des troupes, et les laissèrent dans l'inactivité et l'oisiveté. Toutes les fois qu'il arrivoit des nouvelles fâcheuses des colonies, le gouvernement pressoit le départ de l'expédition, et les soldats furent fréquemment menacés, par suite de l'urgence de ces ordres, d'être embarqués sans avoir reçu leur solde, sans être pourvus de ce qui étoit nécessaire pour un tel voyage, et cependant ils étoient parfaitement instruits des misères qu'avoient endurées leurs frères d'armes, partis de la Galice en 1811.

Alors commença à se montrer un esprit d'insubordination dont ne manquèrent pas de prendre avantage ceux qui étoient *liberales* ou constitutionnels au fond du cœur, et qui éprouvoient de la répugnance pour le service auquel ils étoient destinés. Le mécontentement des troupes se manifesta d'abord par des murmures contre leur destination. Ils réclamoient hautement l'arriéré de leur solde. Bientôt ils se mutinèrent. Une défection eut lieu, et l'armée de l'île de Léon se déclara pour la constitution de 1812. Cet exemple fut suivi par les autres

troupes. La ville de Cadix et toutes les autres
villes de commerce et les ports de mer procla-
mèrent leur adhésion au nouveau code. En
d'autres lieux on s'y refusa, et nul doute que
cette opposition eût dégénéré en guerre civile,
si le Roi eût refusé de reconnoître la constitution. Son adhésion forcée ou libre fut bientôt
rendue publique, le peuple parut se soumettre,
et la tranquillité sembla rétablie.

Jusque là la révolution espagnole n'avoit pas
été souillée de sang, mais l'effet des mesures
irréfléchies de réforme que les Cortès avoient
adoptées, fut de rallumer cette même torche
qui avoit enflammé l'esprit religieux du peuple
contre les Français. L'opposition que la majorité des Espagnols avoit toujours montrée pour
la constitution, et pour tout ce qui avoit touché
à leurs préjugés d'une main trop rude, éclata avec
une nouvelle force. Les personnes qui, au moment où la constitution fut ainsi remise en vigueur, regardèrent la révolution comme termi-
née, et qui félicitèrent l'Espagne de cet heureux
dénoûment, se trompèrent étrangement. Elles
prirent pour la fin ce qui n'étoit que le commencement, et elles montrèrent qu'elles connois-
soient bien peu le peuple espagnol.

Des insurrections partielles eurent lieu; *les
pierres constitutionnelles* qui, par ordre du gou-

gouvernement, avoient été élevées en mémoire de la restauration de la loi nouvelle, furent renversées. L'opposition s'accrut de jour en jour. Des bandes de partisans entrèrent en campagne et s'enhardirent de plus en plus. Quelques uns des anciens officiers réguliers qui avoient toujours agi, et qui agissoient encore avec les constitutionnels, furent renvoyés du commandement des provinces et des armées, pour faire place à des gens qu'une ambition hasardeuse avoit élevés au milieu des troubles publics. On vit des chefs de Guérillas parvenir au commandement suprême. A mesure que les anti-constitutionnels devenoient plus forts, les Cortès furent obligés d'augmenter leurs forces. Il fallut avoir recours à la conscription. Les convulsions du pays se renouvelèrent. Le parti royaliste s'étendit considérablement malgré les efforts des Cortès pour l'étouffer. Une armée royaliste se forma. Des généraux de distinction et de réputation s'y joignirent, et l'Espagne est maintenant en état de guerre civile.

L'exemple, donné par l'armée espagnole, fut bientôt suivi en Portugal; on le suivit à Naples, on le suivit en Piémont, et, dans tous ces pays, on vit des armées se mêler de réforme, et dicter par la force des armes des lois à leur pays.

Envisageons maintenant les suites que les désordres de l'Espagne ont produites et peuvent encore produire en France.

Lors de la défection de l'armée d'Espagne et le rétablissement de la constitution, une grande sensation se fit remarquer parmi les libéraux et les démocrates de la France. Tous sympathisent intimement avec les doctrines du code espagnol. Ceux qui pensent que le pouvoir du Roi de France a trop d'extension, trouvent dans les lois d'Espagne une théorie toute prête pour le restreindre ; ceux qui regardent avec horreur les efforts que l'on fait pour recréer une aristocratie en France, cherchent dans la constitution espagnole les moyens de détruire d'un seul coup l'influence des pairs ; ceux qui condamnent les derniers changemens dans le système électif français applaudissent au suffrage universel en usage en Espagne. La constitution espagnole a partout été consultée ; elle a été traduite et répandue avec profusion. Aussitôt après l'insurrection du Piémont, on essaya des mouvemens en France, à Lyon et dans d'autres lieux. Les vues étoient les mêmes, et il ne manquoit ni de Quirogas ni de Riégos. La conspiration de Berton n'avoit pas d'autre but que la leur. Les Carbonari d'Italie ont paru en France sous le titre de chevaliers de la liberté, et des sociétés de ces révolutionnaires se sont formées dans différens régimens, comme il est incontestablement prouvé par le procès des conspirateurs de La Rochelle. Une vingtaine d'accusés appartenoient au seul 45ᵉ de ligne.

Toutes ces choses ne donnent certainement pas un *droit* à la France d'intervenir dans les affaires de l'Espagne; il en résulte cependant pour elle un cas de *nécessité pressante*; car, bien que la manière dont *nous envisageons* les désordres dont elle se plaint ne nous les fasse pas voir comme devant nécessairement et inévitablement produire l'insurrection dans ses Etats, cependant la manière *dont elle les conçoit* lui fait trouver qu'il en est résulté des dangers pour elle.

On a reproché à la France avec quelque apparence de raison au premier coup d'œil que, puisqu'elle étoit décidée à ne pas souffrir la constitution d'Espagne, elle ne s'y soit pas opposée dès le moment de la défection de l'armée de l'île de Léon et du rétablissement de cette constitution. Ceux qui s'appuient sur cette allégation doivent avouer, en réfléchissant plus mûrement, qu'il n'y avoit alors lieu à intervention ni par *droit*, ni par *nécessité pressante;* tandis qu'aujourd'hui les partis sont divisés de manière à occasionner une guerre civile qu'on ne peut nier. La France d'ailleurs a reçu aujourd'hui des demandes de

secours d'un parti très-nombreux qu'elle est dis-
posée à aider, et elle intervient avec plus d'*apparence de droit* dans un cas de *nécessité bien
plus pressante*, et avec un espoir de succès bien
plus grand qu'elle n'eût fait alors.

Au reste, les armées de France étant maintenant en marche pour agir de la manière que le
Roi l'a déclaré, il devient inutile de discuter
davantage la légalité ou la convenance d'un tel
fait. Il convient mieux d'en étudier les conséquences, et de faire tous ses efforts afin de dé-
tourner celles qui seroient funestes.

Le meilleur moyen pour donner à l'influence
médiatrice qui veut conserver la paix entre les
deux puissances la force qu'elle doit avoir, et en
même temps pour mettre la Grande-Bretagne
en état de l'observer elle-même, c'est la modé-
ration. Peut-être les sentimens du public d'Angleterre se sont-ils montrés trop excités en cette
occasion, et ont-ils été exprimés trop fortement.
On peut voir, d'après ce que les papiers ont rapporté, que le gouvernement français se trouve
dans une nécessité de position plus forte qu'on
ne l'avoit cru d'abord quand le discours du Roi
de France appela presque à l'improviste les esprits à juger de la mesure ou de la résolution
qu'il annonçoit, sans laisser le temps de rassem-

bler les documens nécessaires pour porter un jugement froid et exact.

D'un autre côté, on peut dire que l'état des partis en Espagne, la manière dont la constitution a été faite, son véritable esprit, l'opposition qu'elle a rencontrée, et la guerre civile qu'elle a occasionnée, rendroient sa position moins favorable aux yeux de l'Angleterre, si les Cortès refusent de modifier leur code et de le mettre en harmonie avec les institutions constitutives d'une monarchie tempérée. Si l'on peut penser que l'Espagne ait eu raison de rejeter ce que la France a pu lui demander d'une manière hostile, on ne peut méconnoître qu'elle eût dû avoir plus de condescendance pour les offres amicales de médiation par lesquelles l'Angleterre lui montroit un désir sincère de son bonheur et de sa prospérité. La Grande-Bretagne a déclaré l'opinion que la France a tort en intervenant par la force dans les affaires de l'Espagne; mais il n'est ni nécessaire ni prudent de se prononcer aujourd'hui sur autre chose que sur ce fait abstrait. Il n'est pas à propos que ceux qui croient le gouvernement français entièrement dans son tort expriment cette opinion trop fortement, précisément au moment où le gouvernement britannique s'occupe de médiation : par là ils pourroient laisser

croire à l'autre parti qu'on le regarde comme
ayant absolument raison. Rien ne l'encourage-
roit plus à être inflexible sur ces mêmes points
à l'égard desquels on lui demande des concessions. L'effet de ceci seroit de paralyser tous les
efforts pour la médiation, et de la rendre plus
nuisible qu'utile.

La politique de la Grande-Bretagne doit
donc être une stricte neutralité ; mais une
neutralité d'action conforme à l'esprit et à la
lettre. Si l'Angleterre montre qu'elle est décidée à observer une neutralité de cette espèce,
il est probable que le gouvernement français
essaiera de parvenir à ses fins par ses propres
forces, étant bien persuadé que le parti royaliste
en Espagne est très-fort. Si au contraire le ton
des papiers publics, si surtout celui des débats
du parlement, et celui du gouvernement font
douter la France de la stricte neutralité de
l'Angleterre, elle n'hésitera pas à réclamer
les secours qui lui ont été promis à Vérone
par les souverains alliés. Dès que l'Angleterre
fera soupçonner qu'elle ne restera pas parfaitement neutre, ces souverains seront prêts à
accourir, persuadés, comme ils le doivent
être, que toute marque d'approbation en
faveur des constitutionnels d'Espagne, en-
courageroit de nouveaux troubles à Naples et

dans le Piémont, où les révolutionnaires ont adopté purement la constitution de l'Espagne, et même la manière espagnole de l'établir par des défections militaires. Craignant ces résultats, les Autrichiens se renforceront à Naples, dans la Calabre et dans la Sicile. Une armée combinée sera formée sur le Rhin, une flotte russe paroîtra dans la Méditerranée, et la Grande-Bretagne sera regardée comme favorisant les systèmes de la constitution espagnole et faisant cause commune avec leurs prosélytes dans d'autres pays. Elle passera pour approuver ou du moins pour ne pas condamner les moyens par lesquels ils ont été mis en vigueur. L'alliance formée contre ces défections et ces systèmes constitutionnels sera donc resserrée et rendue plus forte par le moindre écart que se permettra le gouvernement britannique s'il s'éloigne de la plus stricte neutralité. Bien plus ; si les alliés craignent les effets que pourroit avoir en faveur du parti opposé la conduite équivoque de l'Angleterre, ils la forceront à se décider, en usant envers elle d'une mesure toute simple, que tous ses hommes d'État ne pourront pas prévenir ; ils lui déclareront la guerre ou la rendront inévitable. Il est hors de doute que tel seroit le résultat d'une neutralité mal gardée. On n'est en France que trop disposé à en vouloir à la Grande-Bretagne pour les sentimens qu'elle a manifestés, en faveur des constitutionnels espagnols, et l'on y est déterminé à appeler à son aide les autres puissances, si la contestation paroît devoir se prolonger. Ce secours sera donné à la France incontestablement de la manière que nous venons de tracer parce qu'elle s'accorde d'un côté avec la position actuelle des Autrichiens dans les pays que nous avons nommés, et de l'autre, avec l'ambition de la puissance qui fourniroit les forces navales. La France se verroit alors à la tête des puissances dernièrement coalisées contre elle, et la Grande-Bretagne supplantée dans cette position auroit changé de rapports avec ces puissances. Tout cela arriveroit, pourquoi? parce que condamnant justement une intervention qu'elle ne pouvoit empêcher, la Grande-Bretagne auroit souffert que le sentiment de son déplaisir l'emportât jusqu'à montrer de la disposition à se ranger du côté d'une fraction démocratique; parce qu'elle auroit paru favoriser aujourd'hui des mesures révolutionnaires contre lesquelles elle a prodigué si long-temps son sang et ses trésors; parce qu'elle paroîtroit approuver des principes de gouvernement et des moyens de réforme que l'on a maintenant plus que jamais des raisons de combattre. Il est très-important de faire remarquer ici l'opinion généralement répandue sur le continent que la Grande-Bretagne approuve les principes de la constitution d'Espagne. Le fait est qu'elle n'y a pris aucune part, et que, si l'avis de l'ambassade anglaise avoit été suivi, ce code n'eût jamais existé dans sa forme actuelle. Mais ceci ne se présente pas d'abord aux yeux du public, tandis que la publication de la constitution espagnole dans toutes les contrées de l'Espagne coïncidant avec le succès de nos troupes qui venoient de de les arracher aux Français, cette constitution paroît être comme le manifeste de l'armée anglaise. Les libéraux de Naples et du Piémont n'ont pas manqué de citer cette circonstance comme très-avantageuse pour eux. Les Espagnols s'y trompent eux-mêmes; et, si on ne redresse pas l'opinion à cet égard, ils associeront cette idée avec le ton actuel de la presse anglaise, et les constitutionnels en tireront des motifs d'encouragement pour ne rien changer à leur code, dans la persuasion qu'ils seront aidés par la Grande-Bretagne.

La conviction que l'armée anglaise a agi de concert avec les constitutionnels pendant la dernière guerre empêche de comprendre l'inconvenance qu'il y auroit de s'unir encore à eux aujourd'hui. Cependant il y auroit non seulement de l'inconvenance, mais du danger à prendre leur parti. Dans la dernière guerre, la Grande-Bre-

tagne s'allia avec les peuples de l'Espagne pour
s'opposer à l'occupation permanente et à la
conquête de leur pays, par les troupes de Napoléon. La constitution n'existoit pas quand
cette ligue fut formée, et on s'en occupa fort
peu tant que dura la guerre. Le gouvernement
anglais la désapprouvoit entièrement : mais cependant, suivant son principe de ne pas se mêler
des affaires domestiques d'un État indépendant,
il ne paroît pas s'être occupé de ce qui ne le
regardoit pas, et surtout de ce qui n'avoit rien
de commun avec la grande lutte qui étoit alors
engagée. Il en est aujourd'hui bien autrement :
la constitution d'Espagne, avec son caractère et
ses tendances parfaitement manifestes, est devenue l'unique objet de la guerre. On doit donc
comprendre évidemment le danger de se coali-
ser avec un tel système ; et, quant à l'inconvé-
nance, elle est assez notoire quand on voit que la
Grande-Bretagne se trouveroit jouer le premier
rôle dans une guerre jacobine !

Il y a encore à traiter le point le plus important, en examinant à quels désavantages
s'expose la Grande-Bretagne, si elle se départ
de la plus exacte neutralité. Les intérêts commerciaux de ce pays trouveront dans cette manière d'envisager le sujet, et dans ce qui a été
dit plus haut, de grandes raisons pour adopter

cette politique. Si les constitutionnels espagnols se montroient inflexibles, et que la guerre eût lieu entre l'Espagne et les puissances qui ont pris part aux déclarations de Vérone, il est indubitable qu'elles n'hésiteroient pas à reconnoître l'indépendance des nouveaux États d'Amérique. Les derniers décrets des Cortès qui défendent (vaine prohibition) le commerce des colonies avec les nations qui ne sont pas amies, ne feroient qu'accélérer cette reconnoissance. Si, au contraire, l'Angleterre observe une stricte neutralité, elle retirera de cette conduite de grands avantages pour son commerce, parce que des nations maritimes et commerçantes en retirent toujours de leur neutralité dans les guerres des autres. Elles n'ont point à craindre les prohibitions de l'un ni de l'autre parti, et elles deviennent les facteurs de tous. Mais si l'Angleterre entre en guerre avec la France et ses alliés, pour avoir paru soutenir en principe les constitutionnels espagnols qui persistent à prétendre la souveraineté sur ce que la constitution appelle les *parties intégrantes* de la monarchie espagnole, et dont elle s'engage par un article spécial à ne rien abandonner (*por pequeña que sea*), alors certainement les souverains alliés tâcheront de jeter aussi l'Angleterre dans une guerre avec les nouveaux gouvernemens d'Amérique. Peut-être n'y réussiront-ils pas ; mais il n'en est pas moins certain que dans une telle position les vaisseaux des provinces en insurrection contre l'Espagne ou en guerre avec elle, trouveront prétexte d'embarrasser notre commerce et d'étendre leur piraterie envers la Grande-Bretagne alliée de la métropole. Si l'Angleterre reste strictement et absolument neutre, la contestation qui va avoir lieu sera vraisemblablement de peu de durée, à moins qu'elle ne change d'objet. Si l'objet change, ce sera une nouvelle situation qui devra être envisagée d'une nouvelle manière, et tout projet d'occupation permanente ou de conquête (projet impossible à supposer) deviendroit une cause directe d'intervention, de notre part. Mais, dans la situation actuelle, tout ce qui seroit contre la stricte neutralité de l'Angleterre, soit selon le fait, soit selon l'esprit, ne manqueroit pas de compliquer la querelle, de la rendre plus sanguinaire et de la prolonger.

On a avancé que si la France intervient en ce moment par la force, les dangers qu'elle prétend repousser se développeront dans son propre sein, et l'attaqueront chez elle-même. Cela est malheureusement possible : on peut le craindre, d'après ce qui s'est déjà passé en France. Il n'est pas prudent à présent de s'acrêter trop long-temps sur les probabilités d'un tel danger, et sur la manière dont il peut se présenter. Si les conjectures que l'on fait sur les événemens passés sont si souvent prophétiques, c'est qu'elles agissent généralement comme feroient des pionniers ; elles fraient un chemin caché aux événemens ; et comme ceux dont nous parlons doivent être redoutés (quoiqu'ils ne semblent pas inspirer une frayeur générale), il sera aussi bien de n'en pas discuter la probabilité, ce qui en feroit croire la possibilité plus facile. Si un tel danger existe, il faut le voir sous la forme hideuse de l'Espagne révolutionnaire, reversant en France ses élémens de discorde ; il faut apercevoir les factions démocratiques des deux pays, se liguant contre le système monarchique ; et c'est encore une grande raison pour l'Angleterre de rester neutre, afin que, dans une telle occurrence, elle soit libre de se conduire comme il conviendra à sa politique, à son intérêt, au maintien de ses institutions, et à son honneur.

Si la constitution espagnole étoit modifiée par l'établissement d'une Chambre des Pairs, par celui d'un conseil privé choisi par le Roi (au lieu du *consejo d'Estado*), par la concession faite au Roi d'un *veto* absolu ; par des changemens dans le droit de voter, et dans le mode d'élection, enfin, si l'on faisoit une révision de tout le code par rapport à son esprit, il en pourroit résulter une forme de gouvernement qui, nous n'en doutons pas, conduiroit l'Espagne à un état de paix et de prospérité. Prise immédiatement, cette résolution préviendroit la guerre : et, à toute époque, elle la termineroit.

Souvent on a mis en avant une objection forte contre l'établissement d'une Chambre des Pairs en Espagne. Cette objection a été faite par les personnes qui connoissent le mieux ce pays. Elles disent que les grands d'Espagne et les nobles, en général, ont tellement dégénéré, que l'on trouveroit difficilement des hommes propres à former une Chambre des Pairs forte et éclairée.

A cela on peut répondre qu'il y a très-peu de ressources en Espagne, dans quelque ordre que ce soit, pour former, quant à présent, un gouvernement sage, modéré et actif. Tous les ordres en Espagne ont besoin d'être régénérés ; et s'il est vrai que la grande aristocratie de cette nation soit tombée, la sagesse espagnole doit s'occuper de la relever. Si les nobles d'Espagne ont dégénéré, ce malheur doit être attribué à la perte de leur influence politique. Ils redeviendront ce qu'ils ont été, si on leur rend une juste participation au pouvoir. Le temps fera le reste.

Si le gouvernement espagnol, pour se soustraire à la force persuasive de la puissance qui s'occupe de médiation, se retranche dans la défense qu'il s'est préparée, en disant dans la constitution, qu'elle ne pourra subir aucun changement, il faut lui répondre : Cette disposition n'est pas soutenable ; les moyens de défense que l'on pouvoit en tirer, n'existent plus aujourd'hui ; ils ont été détruits par des événemens sur lesquels il est hors de tout pouvoir de revenir. Ce boulevard derrière lequel vous comptiez vous placer, est tombé de lui-même. Quoi ! vouloir soutenir l'intégrité d'un système qui prétend à la domination sur de vastes Etats, indépendans depuis long-temps, et par lequel on voudroit être engagé à ne pas céder des possessions que l'on n'a pas pu conserver ! Cette tyrannie seroit bien plus odieuse que celle dont on se dit menacé, ou même que la plus forte que l'on pourroit redouter. Le code n'a jamais été adapté à la situation de la monarchie espagnole, et il est maintenant tout-à-fait hors de rapport avec la marche irrésistible des affaires humaines qui conduit l'enfance des Etats, comme elle conduit l'enfance des hommes, à une époque de séparation d'avec leurs parens. Ces colonies sont parvenues à l'âge mûr , et les hommes d'Etat de l'Espagne doivent être regardés comme tombés dans celui où l'on perd la raison, s'ils persistent à vouloir retenir la souveraineté de l'Amérique. L'Espagne doit donc se soumettre à une séparation qu'elle ne peut pas empêcher. Par cette raison seule, la constitution est violée. Les Florides ne sont-elles pas cédées ? La loi de ne faire aucun changement à son code, ne peut plus être regardée comme inviolable ; et puisque l'Espagne est dans la nécessité absolue de faire des modifications pour se conformer aux événemens qui ont eu lieu, elle doit aller plus loin, et donner à sa constitution une forme que réclament sa tranquillité, sa prospérité, et les intérêts de l'Europe entière.

Si le gouvernement espagnol et les Cortès ne veulent pas écouter de telles propositions, on peut, à juste droit, les accuser de s'obstiner follement , méchamment et sans utilité à un système auquel la Grande-Bretagne ne peut jamais adhérer, dans quelque circonstance que ce soit. Pour démontrer la nécessité de cette conduite de sa part, il n'y a qu'à consulter ses intérêts commerciaux. Ils diront ce qui doit arriver si nous nous rangeons du côté de l'Espagne, soutenant ses vaines prétentions à la souverai-

neté du Nouveau-Monde ; ils diront de quelle
conséquence il seroit de montrer à ces Etats
qu'en reconnoissant l'intégrité de la constitution
espagnole , l'Angleterre soutient les principes
de la métropole contre leur indépendance.

L'état de nos finances est encore un motif
pour modérer ces manifestations d'opinion qui
pourroient rendre la guerre inévitable, et il nous
commande une exacte neutralité. A l'aspect de
nos affaires domestiques , nous devons craindre
de nous ranger , de principe ou de fait , du côté
où l'on voit un Roi sans pouvoir ; le suffrage
universel ; de courts parlemens ; enfin, une législature composée des seules communes, armée
des droits administratifs , et exerçant d'une
manière permanente, puissante, et quelquefois
despotique des fonctions exécutives.

*Primùm enim numero definieram genera civi-
tatum tria probabilia ; perniciosa autem tribus
illis totidem contraria ; nullumque ex eis unum
esse optimum ; sed id præstare singulis , quod è
tribus primis esset modicè temperatum.* Cic. de
Rep. ij. 39.

APPENDICE.

Liste des membres des Cortès extraordinaires qui ont fait la constitution de 1812, avec le nom des royaumes, provinces, cités, villes et juntes, des deux hémisphères, que représentoient ces députés.

Vicente Pascual, diputado por la ciudad de Teruel, presidente. Antonio Joaquin Pérez, diputado por la provincia de la Puebla de los Angeles. Benito Ramon de Hermida, diputado por Galicia. Antonio Samper, diputado por Valencia. José Simeon de Uria, diputado de Guadalaxara, capital del Nuevo reyno de la Galicia. Francisco Garcés y Varea, diputado por la serania de Ronda. Pedro Gonzalez de Llamas, diputado por el reyno de Murcia. Carlos Andres, diputado por Valencia. Juan Bernardo Ogavan, diputado por Cuba. Francisco Xavier Borrull y Vilanova, diputado por Valencia. Joaquin Lorenzo Villanueva, diputado por Valencia. Francisco de Sales Rodriguez de la Barcena, diputado por Sevilla. Luis Rodriguez del Monte, diputado por Galicia. José Joaquin Ortiz, diputado por Panama. Santiago Key y Munos, diputado por Canarias. Diego Munoz Torrero, diputado por Extremadura. Andres Morales de los Rios, diputado por la ciudad de Cadiz. Antonio José Ruiz de Padron, diputado por Canarias. José Miguel Guridi Alcocer, diputado por Tlaxcala. Pedro Ribera, diputado por Galicia. José Mexia Lequerica, diputado por el Nuevo reyno de Granada. José Miguel Gordoa y Barrios, diputado por la provincia de Zacatecas. Isidoro Martinez Fortun, diputado por Murcia. Florencio Castillo, diputado por Costa-Rica. Felipe Vazquez, diputado por el principado de Asturias. Bernado obispo de Mallorca, diputado por la ciudad de Palma. Juan de Salas, diputado por la serranía de Ronda. Alonso Canedo, diputado por la Junta de Asturias. Geronimo Ruiz, diputado por Segovia. Manuel de Roxas Cortés, diputado por Cuenca. Alfonso Rovira, diputado por Murcia. José Maria Rocafull, diputado por Murcia. Manuel Garcia Herreros, diputado por la provincia de Soria. Manuel de Arostegui, diputado por Alava. Antonio Alcayna, diputado por Granada. Juan de Lera y Cano, diputado por la Mancha. Francisco, obispo de Calahorra y la Calzada, diputado por la Junta superior de Burgos. Antonio de Parga, diputado por Galicia. Antonio Payan, diputado por Galicia. José Antonio Lopez de la Plata, diputado por Nicaragua. Juan Bernardo Quiroga y Uria, diputado por Galicia. Manuel Ros, diputado por Galicia. Francisco Pardo, diputado por Galicia. Agustin Rodriguez Bahamonde, diputado por Galicia. Manuel de Luxan, diputado por Extremadura. Antonio Oliveros, diputado por Extremadura. Manuel Goyanes, diputado por Leon. Domingo Duenas y Castro, diputado por el reyno de Granada. Vicente Terrero, diputado por la provincia de Cadiz. Francisco Gonzalez Peynado, diputado por el reyno de Jaen. José Cerero, diputado por la provincia de Cadiz. Luis Gonzalez Colombrez, diputado por Leon. Fernando Llarena Franchy, diputado por Canarias. Agustin de Argüelles, diputado por el principado de Asturias. Jose Ignacio Baye Cisneros, diputado por Mexico. Guillermo Moragues, diputado por la Junta de Mallorca. Antoni-

Valcarce y Pena, diputado por Leon. Francisco de Mosquera y Cabrera, diputado por Santo Domingo. Evaristo Perez de Castro, diputado por la provincia de Valladolid. Octaviano Obregon, diputado por Guanaxuato. Francisco Fernandez Munilla, diputado por Nueva-España. Juan José Guereña, diputado por Durango, capital del reyno de la Nueva-Biscaya. Alonso Nuñez de Haro, diputado por Cuenca. José Aznarez, diputado por Aragon. Miguel Alfonso Villagomez, diputado por Leon. Simon Lopez, diputado por Murcia. Vicente Tomas Traver, diputado por Valencia. Baltasar Esteller, diputado por Valencia. Antonio Lloret y Marti, diputado por Valencia. José de Torres y Machy, diputado por Valencia. José Martinez, diputado por Valencia. Ramon Giraldo de Arquellada, diputado por la Mancha. El baron de Casa-Blanca, diputado por la ciudad de Peñiscola. José Antonio Sombiela, diputado por Valencia. Francisco Sautalla y Quindos, diputado por la Junta superior de Leon. Francisco Gutierrez de la Huerta, diputado por Burgos. José Eduardo de Cardenas, diputado por Tabasco. Rafael de Zufriategui, diputado por Montevideo. José Morales Gallego, diputado por la Junta de Sevilla. Antonio de Capmany, diputado por Cataluña. Andres de Jauregui, diputado por la Havana. Antonio Larrazabal, diputado por Goatemala. José de Vega y Sentmanat, diputado por la ciudad de Cervera. El conde de Toreno, diputado por Asturias. Juan Nicasio Gallego, diputado por Zamora. José Becerra, diputado por Galicia. Diego de Parada, diputado por la provincia de Cuenca. Pedro Antonio de Aguirre, diputado por la Junta de Cadiz. Mariano Mandiola, diputado por Queretaro. Ramon Power, diputado por Puerto-Rico. José Ignacio Avila, diputado por la provincia de San-Salvador. José Maria Couto, diputado por Nueva-España. José Alonso y Lopez, diputado por la Junta de Galicia. Fernando Naverro, diputado por la ciudad de Tortosa. Manuel de Villafañe, diputado por Valencia. Andres Angel de la Vega Infanzon, diputado por Asturias. Maximo Maldonado, diputado por Nueva-España. Joaquin Maniau, diputado por Vera-Cruz. Andres Savariego, diputado por Nueva-España. José de Castello, diputado por Valencia. Juan Quintano, diputado por Palencia. Juan Polo y Catalina, diputado por Aragon. Juan Maria Herrera, diputado por Extremadura. José Maria Calatrava, diputado por Extremadura. Mariano Blas Garoz y Peñalver, diputado por la Mancha. Francisco de Papiol, diputado por Cataluña. Ventura de Reyes, diputado por Filipinas. Miguel Antonio de Zumalacarregui, diputado por Guipuzcoa. Francisco Serra, diputado por Valencia. Francisco Gomez Fernandez, diputado por Sevilla. Nicolas Martinez Fortun, diputado por Murcia. Francisco Lopez Lisperguer, diputado por Buenos-Ayres. Salvador Samartin, diputado por Nueva-España. Fernando Melgarejo, diputado por la Mancha. José Domingo Rus, diputado por Maracaybo. Francisco Calvet y Rubalcaba, diputado por la ciudad de Gerona. Dronisio Inca Yupangui, diputado por el Peru. Francisco Ciscar, diputado por Valencia. Antonio Zuaco, diputado del Peru. José Lorenzo Bermudez, diputado por la provincia de Tarma del Peru. Pedro Garcia Coronel, diputado por Truxillo del Peru. Francisco de Paula Escudero, diputado por Navarra. Jose de

Salas y Bojadors, diputado por Mallorca. Francisco Fernando Golfin, diputado por Extremadura. Manuel Maria Martinez, diputado por Extremadura. Pedro Maria Ric, diputado por la Junta superior de Aragon. Juan Bautista Serrés, diputado por Cataluña. Jayme Creus, dipatado por Cataluña. José, obispo prior de Leon, diputado por Extramadura. Ramon Lazaro de Dou, diputado por Cataluña. Francisco de la Serna, diputado por la provincia de Avila. José Valcarcel Dato, diputado por la provincia de Salamanca. José de Cea, diputado por Cordoba. José Roa y Fabian, diputado por Malica. José Rivas, diputado por Mallorca. Jose Salvador Lopez del Pan, diputado por Galicia. Alonso Maria de la Vera y Pantoja, diputado por la ciudad de Mérida. Antonio Llaneras, diputado por Mallorca José de Espga y Gadea, diputado de la Junta de Cataluña. Miguel Gonzalez y Lastiri, diputado por Yucatan. Manuel Rodrigo, diputado por Buenos-Ayres. Ramon Felin, diputado por el Peru. Vicente Morales Duarez, diputado por el Peru. José Joaquin de Olmedo, diputado por Guayaquil. Jose Francisco Morejon, diputado por Honduras. José Miguel Ramos do Arizpe, diputado por la provincia de Cohahuila. Gregorio Lagima, diputado por la ciudad de Badajoz. Francisco de Egui, diputado por Vizcaya. Joaquin Fernandez de Leyva, diputado por Chile. Blas Ostolaza, diputado por el reyno del Peru. Rafael Mangiano, diputado por Toledo. Francisco Salazar, diputado por el Peru. Alonso de Torres y Guerra, diputado por Cadiz. M. El marques de Villafranca y los Velez, diputado por la Junta de Murcia. Benito Maria Mosquera y Lera, diputado por las siete ciudades del reyno de Galicia. Bernardo Martinez, diputado por la provincia de Orense de Galicia. Felipe Aner de Esteve, diputado por Cataluña. Pedro Inguanzo, diputado por Asturias Juan de Balle, diputado por Cataluña. Ramon Ulges, diputado por Cataluña. José Maria Veladiez y Herrera, diputado por Guadalaxara. Pedro Gordilleil, diputado por Gran-Conaria. Felix Aytes, diputado por Cataluña. Ramon de Llados, diputado por Cataluña. Francisco Maria Riesco, diputado por la Junta de Extremadura. Francisco Morros, diputado por Cataluña. Antonio Vazquez de Parga y Bahamonde, diputado por Galicia. El marques de Tamarit, diputado por Cataluña. Pedro Aparici Ortiz, diputado por Valencia. Joaquin Martinez, diputado por la ciudad de Valencia. Francisco José Sierra y Llanes, diputado por el principado de Asturias. El conde de Buena-Vista-Cerro, diputado por Cuenca. Antonio Vasquez de Aldana, diputado por Toro. Esteban de Palacios, diputado por Venezuela. El conde de Puñonrostro, diputado por el Nuevo reyno de Granada. Miguel Riesco y Puente, diputado por Chile. Fermin de Clemente, diputado por Venezuela. Luis de Velasco, diputado por Buenos-Ayres. Manuel de Llano, diputado por Chiapa. José Cayetano de Foncerrada, diputado de la provincia de Valladolid Mechoacan. José Maria Gutierrez de Teran, diputado por Nueva-España, secretario. José Antonio Navarrete, diputado por el Peru, secretario. José de Zorraquin, diputado por Madrid, secretario. Joaquin Diaz Caneja, diputado por Leon, secretario.

in-8° de plus de 1000 pages , imprimé en petit-texte , sur trois colonnes. En feuilles , 6 fr. 65 c.

Relié en parchemin , 7 fr. 65 c.

Relié en basane , 8 fr. 15 c.

Le même , un vol. in-4°, pap. fin, broché , 15 fr.

Relié en veau , filets , 19 fr.

DICTIONNAIRE GREC–FRANÇAIS, composé sur l'ouvrage intitulé *Thesaurus linguæ Græcæ*, de Henri Etienne , où se trouvent tous les mots des différens âges de la langue grecque, leur étymologie, leur sens propre et figuré, et leurs diverses acceptions justifiées par des exemples. Par J. Planche. Nouvelle édition. Un vol. grand in-8° de près de 1500 pages, imprimé en petit-texte , sur trois colonnes. En feuilles , 17 fr.

Relié en parchemin , 18 fr. 50 c.

Relié en basane , 19 fr.

Le même , un vol. in-4°, pap. fin, broché , 30 fr.

Relié en veau , filets , 35 fr.

GRADUS AD PARNASSUM, ou Nouveau Dictionnaire Poétique latin-français, fait sur le plan du *Magnum Dictionarium Poeticum* du P. Vanière , enrichi d'exemples et de citations tirées des meilleurs poëtes latins anciens et modernes. Par Fr. Noël. Nouvelle édition. Un vol. in-8° de près de 1000 pages, imprimé en petit-texte sur deux colonnes. En feuilles , 6 fr. 65 c.

Relié en parchemin , 7 fr. 65 c.

Relié en basane , 8 fr. 15 c.

Le même , un vol. in-4°, pap. fin , br., 15 fr.

Relié en veau , filets , 19 fr.

GÉNIE DU CHRISTIANISME. ou Beautés de la Religion chrétienne ; par M. le vicomte de Chateaubriand. Sixième édition. Cinq vol. in-8°, fig. . 30 fr.

HISTOIRE DE FRANCE depuis Pharamond jusqu'à la vingt-quatrième année du règne de Louis XVIII. Par J. C. Royou. Six vol. in-8°. 36 fr.

LEÇONS ANGLAISES DE LITTÉRATURE ET DE MORALE, sur le plan des Leçons Françaises et des Leçons Latines ; par M. Noël, inspecteur-général des études ; et M. Chapsal. professeur de belles-lettres , auteur du nouveau Dictionnaire Grammatical. Deux vol. in-8°. 12 fr.

LEÇONS LATINES DE LITTÉRATURE ET DE MORALE, ou Recueil, en vers et en prose, des plus beaux morceaux des auteurs latins anciens, avec des modeles d'exercice. par Rollin ; à l'usage des classes de troisième et de seconde. Ouvrage classique adopté par l'Université royale, pour les collèges et les pensionnats. Par MM. Noël et De La Place. Nouvelle édition , revue et corrigée. Deux vol. in-8°. 10 fr.

LEÇONS LATINES MODERNES DE LITTÉRATURE ET DE MORALE, ou Recueil, en prose et en vers. des plus beaux morceaux des auteurs les plus estimés qui ont écrit en cette langue depuis la renaissance des lettres. Par MM. Noël et De La Place. Deux vol. in-8°. 12 fr.

NOUVEL ABRÉGÉ CHRONOLOGIQUE DE L'HISTOIRE DE FRANCE. depuis Pharamond jusqu'à Louis XVIII. dédié à la jeunesse. par M. de Moulières. membre de plusieurs Académies et Sociétés littéraires françaises et étrangeres. Trois vol. in-12 de 600 pag. chacun , en y comprenant les tableaux. 12 fr.

www.ingramcontent.com/pod-product-compliance
Lightning Source LLC
LaVergne TN
LVHW012208170726
843503LV00005B/1941